Tanja Hildebrand
Die Element-Chroniken

Tanja Hildebrand

Die Element-Chroniken

Teil 1
Die letzten Na'aim

Fantasyroman

edition fischer

Bibliografische Information der Deutschen Nationalbibliothek
Die Deutsche Nationalbibliothek verzeichnet diese Publikation in der Deutschen Nationalbibliografie; detaillierte bibliografische Daten sind im Internet über http://dnb.d-nb.de abrufbar.

Orber Str. 30, D-60386 Frankfurt/Main

Schriftart: Arno Pro 11°
Herstellung: efc/bf
ISBN 978-3-86455-989-1

Für Mama,
weil du immer an mich geglaubt
und mich unterstützt hast.

Vorgeschichte

Eine wunderschöne Gestalt ... Ihr Weg führt durch finstere Nacht. Weiße, hüftlange Haare scheinen im Vollmondlicht zu leuchten und vor Schreck und Angst geweitete Augen suchen hastig die Umgebung ab, während die in einen samtblauen Kapuzenmantel gehüllte Gestalt über den knirschenden und Tau betropften Kieselsteinweg rennt. Die Nacht ist so hell und rot erleuchtet, dass sie zu brennen scheint.

Zwei Kinder hält die Gestalt im Arm.

Ein Kind weint, ein anderes sieht sich nur aufmerksam um und scheint jede Sekunde der Angst in sich aufzusaugen.

Die Aura des weinenden Kindes ist rein und leuchtet hell wie reines Gold in der Morgensonne. Das andere Kind ist umgeben von einer silbern schimmernden Aura, die so hart zu sein scheint wie Platin. Es ist wie eine Schutzmauer um das aufmerksame Kind.

Diese Aura kennt keine Angst nur Interesse.

Das andere Kind weint. Es spürt die Angst der Gestalt, die so schnell rennt.

Renn ruhig... Renn! Ich finde dich und MEIN KIND eh! Du brauchst nicht zu fliehen! Versuch dich nicht zu wehren! Es nützt nichts! Hörst du! ES NÜTZT NICHTS!, schreit ein Gedanke, der durch den Wald schwebt wie ein Todesengel.

Eine Frau tritt aus dem Wald auf die Gestalt zu. Sie streckt die Hand nach dem weinenden Kind aus.

Die Gestalt zieht sich ein wenig zurück.

Die Frau hat feuerrotes brustlanges Haar. Ihre Augen sind von derselben Farbe, nur ihre Haut ist grün wie Gift. Sie öffnet den Mund und faucht. Ihre Zunge ist in der Mitte gespalten wie die einer Schlange. »Gib mir mein Kind, Ijesabell!«, faucht sie.

»Du willst es nur töten, Dorelis!«, keucht Ijesabell hervor.

»Ich will die Prophezeiung erfüllen, du dummes Ding!«, kreischt Dorelis. Ihre roten Augen scheinen Funken zu sprühen. Sie wächst und ihre Arme und Beine beginnen sich aufzulösen, während sie sich in eine gigantische Gift-Wasserschlange verwandelt.

Ijesabell rennt. Ihr Atem geht rasselnd. Das weinende Kind ist vor Schreck ganz starr, während das andere die Chancen einer Flucht zu errechnen versucht.

Ijesabell schafft es, an ihrem Ziel anzukommen, kurz bevor Dorelis die Verfolgung beginnt. Es ist eine geheime Höhle. Der Blitzaugen-Mann ist schon da.

»Hier!«, schnauft Ijesabell und gibt dem Mann die Kinder.

»Sage niemandem, dass ich sie dir gab, sage niemandem, dass du sie gemeinsam bekamst, und erzähle niemandem, was du gleich siehst! Es muss ein Geheimnis bleiben!«, haspelt Ijesabell gepresst hervor.

»A ... Aber ...«, beginnt der Mann, doch Ijesabell tritt aus der Höhle und schließt sie.

Sie stellt sich in die Mitte der Lichtung, als Dorelis aus dem Wald angeschlängelt kommt.

Ijesabell hat Tränen in den Augen.

»Letzte Worte?«, fragt Dorelis gespielt ironisch mit einem zischenden Unterton.

»Du bist ein Monster!«, schreit Ijesabell und Dorelis stößt auf sie nieder. Ijesabell ist sofort tot.

Dorelis lacht und dann fällt ihr ein, dass das Kind nicht da ist.

Sie schreit den lautesten, schrillsten und wütendsten Schrei, den der Wald je gehört hat, und alle Tiere fliehen aus dem Wald.

Der Mann, ganz still und heimlich, läuft den geheimen Tunnel entlang bis zur Schule. Er würde Ijesabells letzte Wünsche erfüllen. Niemand soll wissen, wer der beiden Ijesabells und wer Dorelis' Kind ist, und niemand würde erfahren, was in dieser Nacht wirklich geschehen ist.

»Waisenkinder hast du gefunden?«

»Ja Coach! Das eine beim Brunnen, das andere beim Stall!«

»Sie scheinen mir gut geeignet zu sein …«

»Das sind sie gewiss!«

»Ach … Ich habe diese Nacht übrigens auch jemanden gefunden!«

»Wen?«

»Eine junge Frau! Sie ist auch geeignet und sie würde gerne Lehrerin werden!«

»Ach wirklich? Wie heißt sie?«

»Ihr Name lautet Doris!«

Kapitel 1

»Alle bereit? Springt!«, schrie Doris. Wir hatten gerade SGM (Schwimmen gegen Monster) und Doris war unsere Vertretungslehrerin. Hier an der Blitzaugen Hochschule ist jedes Detail geplant. Blitzaugen sind Monsterjäger. Sie heißen so, weil jeder oder jede Blitzauge eine Art Tattoo unter dem einen Auge hat. Meist sind diese Zeichen Blitze oder Ähnliches. Mein Tattoo ist ein hellgrünes Muster aus komplizierten Schnörkeln, das die Unterseite meines Auges umrahmt.

Wir sprangen ins Wasser.

Unsere Klasse bestand aus vier Schülern. Die Klassen waren allgemein klein, da sich die Lehrer dann umso besser um die Schüler kümmern konnten. Unsere Klasse bestand aus Rikky (den alle nur Kuffkuff nannten), Chez (der zurzeit wegen familiärer Umstände verreist war), Makel (dessen Name ohne Zweifel passte) und mir, Lyca!

Kuffkuff kraulte durch das Wasser und ich tauchte an den Grund. Makel hatte alle Mühe, sich über dem Wasser zu halten. Makel war eigentlich in nichts richtig gut oder überhaupt erstmal gut! Manchmal fragte ich mich, ob er überhaupt ein Blitzauge sein konnte, so ungeschickt, wie er war. Wie auch immer. Makel war der Lieblingsschüler aller Lehrer, was ich kein bisschen verstehe. Er musste immer nur die Hälfte der Stunde mitmachen und durfte sich ansonsten immer ausruhen. Obwohl Makel so ein … na ja … Loser war, war er auch ansonsten nicht gerade unbeliebt. Er hatte so eine komische Ausstrahlung, dass sich jedes Wesen in seiner Umgebung wohlfühlte. Sein bester Freund war Chez. Ohne Chez war Makel zwar tausendmal besser dran, aber das schien Makel nicht so zu sehen.

»Makel? Kommst du bitte aus dem Becken?«, fragte Doris gerade, als ich wieder auftauchte. »Sicher, Doris!«, keuchte er und schwamm an den Rand.

Ihr wundert euch vielleicht, dass wir unsere Lehrer einfach mit den Vornamen ansprechen, aber das ist eine schulische Anordnung.

Makel zog sich am Beckenrand hoch. Er war eine schlaksige Figur mit keinem einzigen Muskel und Speck hatte er auf gar keinen Fall. In jedem Fall sah er aus, als laufe er auf Stelzen statt auf Beinen, und er bewegte sich auch so steif. Seine Haare könnte man als »grünes Wunder« beschreiben, da er eine kurze, strubbelige, giftgrüne Haarpracht besaß. Seine Augen waren dunkelgrün und die Augenbrauen darüber hatten einen leichten Rotstich. Sein Tattoo bestand aus vier Kringeln, die sich in der Mitte schnitten. Wenn man ihn mit Chez vergleichen würde ... Chez hatte längere braune Haare, die er immer zu einem kurzen Pferdeschwanz zurückband. Seine Augen waren hellgrün und sein Tattoo sah aus wie drei scharlachrote Kratzspuren unter seinem Auge. Er besaß zwar auch kein bisschen Speck, aber dafür hatte er Muskeln wie ein Profiboxer.

Ungeschickt kam Makel auf die Beine. »Komm mal mit! Rikky, Lyca! Ihr übt bitte noch ein bisschen!«, sagte Doris und ging. Makel folgte ihr. »Ist gut!«, schrie Kuff kuff ihr nach. Ich tauchte wieder unter und versuchte meinen »Die-Luft-anhalten-Rekord« zu brechen. Etwas zog mich nach oben und ich zog jenen unter Wasser und sah, dass es Kuff kuff war. Ich schwamm an die Oberfläche und Kuff kuff tat es mir gleich. »Was sollte das?«, fragte ich ihn. Er zuckte mit den Schultern. Um Kuff kuff zu beschreiben, muss ich nicht viel sagen: Er sah aus wie ein Grufti! Genauso blass, genauso schwarze Haare, dunkelbraune Augen, gebückte Körperhaltung und sein Tattoo sah aus wie eine Spinnenwebe. Ein Grufti eben! »Hab gedacht, du säufst ab!«, meinte er. Was sein Verhalten und seine Sprechweise angeht, tendiere ich zu der Beschreibung: Ihr kennt doch diese mürrischen Hausmeister, die jede Sekunde ihres Lebens eine verstopfte Nase haben und wie eine Ente klingen. Nun ... Ich denke Kuff kuff wird später Hausmeister. Er hat auf jeden Fall schon mal die nötigsten Voraussetzungen.

»Nicht witzig!«, sagte ich und tauchte wieder unter. Mein »Die-Luft-anhalten-Rekord« war momentan elf Minuten und dreiundzwanzig Sekunden. Er war noch nicht länger, da es irgendwelche dämlichen Typen für nötig hielten, mich immer frühzeitig aus dem Wasser zu zerren. Ich zählte stumm die Sekunden und Minuten. Elf Minuten und fünfzehn, elf Minuten und sechzehn, elf Minuten und siebzehn, elf Minuten und achtzehn und da kam auch schon wieder Kuff kuff angetaucht. Elf Minuten und neunzehn, elf Minuten und zwanzig, elf Minuten und einundzwanzig. Kuff kuff war fast bei mir. Elf Minuten und zweiundzwanzig, elf Minuten und dreiundzwanzig ... Elf Minuten und vierundzwanzig! Ich hatte meinen Rekord getopt. In dem Moment zog mich Kuff kuff an die Wasseroberfläche. »Elf Minuten und vierundzwanzig!«, jubelte ich und erstarrte. Da kam Doris angerannt ... ohne Makel, aber hinter ihr war ein Monster. Bei genauerer Betrachtung sah man, dass es viele, Abertausende von Würmern mit spitzen Mäulern waren. Manche Würmer hatten blutende Augen im Maul und es floss von jedem Maul aus Blut auf den Weg. »Hilfe!«, keuchte Doris noch im Rennen. Die Würmer waren alle dunkelblau und sie hatten es wohl alle auf Doris abgesehen. Ich kletterte flink aus dem Becken und rannte den Monstern entgegen. Doris rannte an mir vorbei und auf die Schule zu. Dann blieb sie stehen. Das Monster (oder die Monster) war vor mir zum Stehen gekommen. »Tötet das Monster! Eliminiert die Verräterin!«, schrien die Mäuler von Abertausenden von Monstern. Dann zogen sich die Monster zurück. »Wo ist Makel?«, fragte ich an Doris gewandt, sobald die Würmer außer Sicht waren. »D... Das Monster! E... Es hat Makel ... Es hat mich überrumpelt! Oh! Der arme Junge!«, stotterte Doris. Sie weinte. Ich sah in die Richtung, in die das Monster verschwunden war. Da war eine Blutspur. »Ich gehe dem Monster nach!«, beschloss ich. Ich schnappte mir ein Handtuch und war auch schon auf dem halben Weg. Ich rannte schnell. Nach einiger Zeit merkte ich, dass ich auf die Grotte zurannte. Um die Grotte gab es düstere Geschichten, Gerüchte und sogar Legenden. Die Blutspur wurde immer breiter und dicker. Da war der Eingang der Grotte. Ich rannte hinein und stolperte prompt über eine am Boden liegende Gestalt. Ich rappelte mich schnell wieder auf. Die Blutspur endete vor einer Wand und die Gestalt, über die ich gestolpert war, war blutüberströmt, dürr und es war ... »Makel!«, keuchte ich. Ich hob ihn auf und trug ihn nach draußen. Er war wirklich leicht ... Draußen legte ich Makel erstmal wieder ab. Er war nass von Blut und schlammig aussehendem Wasser. Ich trocknete ihn mit dem Handtuch ab und untersuchte ihn nach Wunden. Überall hatte er Brandblasen und Verbrennungen. Unzählige kleine und große Wunden hatten sich in seinen Körper gebissen. Um die Blutung der großen Wunden zu stoppen, riss ich das Handtuch in Fetzen und wickelte die Streifen über die Wunden. Ich verlor keine Zeit. Ich hob Makel wieder auf und rannte zurück. Der Rückweg zog sich in die Unendlichkeit, aber ich kam an. Als ich ankam, hatte sich eine große Schar Schaulustiger eingefunden. Sie alle umringten die heulende Doris, die gerade erzählte, wie das Monster sie überrascht habe und so weiter und so fort.

»Kurt!«, rief ich. Kurt war unser Schularzt. Wenn irgendwas passierte, war er sofort zur Stelle, sogar wenn dieses irgendwas auf dem Mädchenklo war! Kurt kam aus der Menge getreten. »Lyca? Ist das Makel oder eine Halluzination?«, fragte er ängstlich. Kurt und ängstlich? »Es ist Makel! Kannst du ihm helfen?«

»Ich werde auf jeden Fall alles in meiner Macht stehende tun, um ihm zu helfen!«

Die Schaulustigen hatten immer noch nur Augen für Doris.

Kurt untersuchte Makel. »Oh … Es sieht wirklich schlecht aus … Er ist vergiftet!«

»Vergiftet?«, fragte ich verwundert. »Und nicht etwa mit irgendeinem Gift! Wo hast du ihn gefunden?«, fragte Kurt. »Bei der Grotte!«, antwortete ich. »Also doch! Das erklärt die Brandspuren und die Vergiftung! Das Wasser der Grotte ist das gefährlichste Gift, das mir bekannt ist!« »Das Wasser der Grotte? Ist das zufällig so ein matschiges Geblubber?« »Äh … Ja!« »Damit war er durch und durch durchnässt!« Ich schluckte. »Er hat nicht mehr lange Zeit …«, sagte Kurt da. »WAS?!?!«, rief ich und die Schaulustigen drehten sich um. Als sie Makel sahen, sogen sie die Luft scharf ein oder stöhnten oder … Ach, sie zeigten jede erdenkliche Reaktion. »Was ist mit ihm?«, fragte Doris, die sich durch die Schar gekämpft hatte und jetzt neben Makel kniete. »Er wird sterben …«, wiederholte Kurt. Doris rollten die Tränen immer schneller über die Wangen und sie heulte gequält auf. »Das ist alles meine Schuld! Warum hab ich nicht gekämpft! Ich dumme, dumme Trine!«

In dem Moment machte Makel die Augen auf. Er öffnete den Mund zu einem stummen Schrei. Seine Lippen zitterten und er schien etwas sagen zu wollen, aber man hörte nur ein klägliches Wimmern wie von einem gequälten Wolf.

»Kannst du nichts tun, Kurt?«, fragte ich flehend. Makel stöhnte. »Tötet das Monster ... Eliminiert die Verräterin ... «, hörte ich Makel flüstern. Meine Augen weiteten sich. Hatte nicht das Monster das Gleiche gesagt? Außer mir schien niemand die Worte gehört zu haben. Makels Augen schlossen sich wieder.

»Ich schaff das!«, brachte Kurt gepresst hervor. »Ich kann ihn doch nicht sterben lassen! Lyca? Hilf mir bitte!«

Ich half Kurt, Makel zu pflegen. Unglaublich! Die Verletzungen, die Kurt für Makels Todesurteil gehalten hatte, heilten innerhalb einer Woche. Makel sah aus, als schliefe er nur, und nicht, als sei er halb tot! »Ich hole nur kurz was! Bleib du so lange bei ihm!«, sagte Kurt zu mir und verließ den Raum. Ich wartete längere Zeit. Ich sank langsam, aber sicher in einen Tagtraum, als ich ein lautes Poltern und mehrere Flüche hörte. Ich sah auf. Makels Bett war leer. Makel lag auf dem Boden und war gerade sehr beschäftigt damit, sich aufzurappeln und zu fluchen. »Warum ist dieses dämliche Bett so klein? Verflucht und zugenäht! Was für eine Scheiße! Verdammt, was soll dieser blöde Verband! So was Dummes! Was geht hier vor?«, schimpfte er und verwendete auch ein paar Ausdrücke, die ich an dieser Stelle weglasse. »Du bist aufgewacht ... «, flüsterte ich und rührte mich ansonsten nicht. Er drehte sich sehr tollpatschig zu mir um.

»W... Was ist hier los?«, stotterte er. Er legte die Stirn in Falten. »Da war dieses Wesen ... Es hat mich, glaube ich, beschützt vor ... vor ... einer riesigen Schlange, die aus dem Wasser der Grotte gekommen ist und mich runtergezogen hat. Doris war da und ... dann war sie weg ... Die Schlange ... hat sich in eine Person verwandelt und ist davongerannt! EIN NA'AIM!!! Es muss ein Na'aim gewesen sein! Ich bin mir ganz sicher!« Makel raspelte die Worte herunter wie einen auswendig gelernten Text ... eben ohne jedes Gefühl. »War bestimmt ein Traum!«, sagte ich und ignorierte dieses komische Gefühl. »Wie lange war ich weg?«, fragte er. Ich zuckte die Schultern. »Eine Woche ungefähr ...«, sagte ich dann. »Eine ganze Woche! Was ist alles passiert?« Er schrie fast. »Ich sag dir, was passiert ist! Du müsstest jetzt eigentlich tot sein, aber stattdessen bist du wieder wohlauf! Und wem verdankst du das? Kurt und mir, wenn du es genau wissen willst!« Er keuchte. Makel setzte sich auf das Bett. »Wo ist Doris?«, fragte er dann mit einem bleiernen Unterton in der Stimme. »Sie ertrug es nicht, dich so zu sehen, und ist verreist!« Makel keuchte noch mal. »Holt sie zurück!« »Wieso?« »Weil sie die Na'aim ist! Sie ist die Verräterin! Tötet das Monster! Eliminiert die Verräterin!«, schrie er. Bei den letzten Sätzen zuckte ich noch mehr zusammen. Makels Stimme hatte geklungen wie die des Monsters. »R ... red keinen Stuss! Doris und eine Na'aim ...« Meine Stimme bebte. »Ist dir noch nie aufgefallen, dass sie Wasser, luftige Höhen und Feuer meidet! Ist dir noch nie etwas Ähnliches in den Sinn gekommen! Dann warst du ja die ganze Zeit blind wie ein Maulwurf in der Mittagssonne!«, schrie er. Er rieb sich die Stirn. »Du meinst also, Doris ist ...« Begann ich. »Ja!«, schnaubte er. Ich rümpfte die Nase. »Jetzt, wo du wach bist, würdest du bitte ein Bad nehmen, dich duschen oder waschen? Du stinkst bis zum Himmel!«, sagte ich. »Wie wichtig!«, brummte er in ironischem Tonfall. »Na dann! Ich hab's gesagt! Ich verschwinde dann mal unter die Dusche!«, sagte er und wollte aufstehen. »Halt! Du bist momentan das Gesprächsthema aller Flur-Gespräche! Wenn du jetzt so einfach mir nichts, dir nichts auf dem Flur langgehst, wirst du mit Fragen wie von Kanonenkugeln bombardiert! Ich hole Kurt und frage ihn, ob du seine persönliche Dusche benutzen kannst!«, sagte ich. Man muss wissen, die Toiletten waren zwar in den Zimmern und durch eine Tür getrennt, dass heißt jeder hatte seine eigene Toilette, doch für die Duschen galt das nicht. Es gab zwei große Waschräume in jedem Flur. Der eine für die Jungs, der andere für die Mädchen. Der Waschraum für die Mädchen, in dem ich mich immer duschte, war wunderschön und mit perlmutternen Ornamenten verziert. Die Farben waren eher in Türkis gehalten und wunderschöne Fischmosaike bedeckten den Boden. Die Decke war in einem hellen Gelb gestrichen und mit goldener Farbe waren Vögel und Abertausende von Sonnen darauf gemalt. Eine gesamte Wand wurde von wandhohen Spiegeln geziert. Türkisfarbene Säulen ragten vom Boden bis zur Decke und wurden dabei von unten nach oben langsam gelb. Die Säulen waren von Muscheln bedeckt. Die Duschkabinen waren durch Mattglas-Trennwände abgegrenzt. Die Duschen hatten silberne Duschköpfe und der Boden in den Kabinen war etwas niedriger gelegen, denn darin war Sand verstreut. Der Sand sollte das ablaufende Wasser filtern, damit es sauberer war. Der Sand wurde regelmäßig gewechselt. Wie die anderen Waschräume aussahen, wusste ich allerdings nicht, aber ich vermutete, dass sie dem, den ich kannte, nicht sehr unähnlich waren.

»Na, meinetwegen!«, meinte Makel und zuckte mit den Achseln.

Ich fand Kurt nach nur kurzem Suchen. »Warum bist du hier? Du solltest doch bei Makel ...«, begann er. »Deshalb bin ich hier! Er ist aufgewacht!«, sprudelte es aus mir hervor. »Schon?«, fragte Kurt erstaunt. Er rannte mir hinterher, zurück zu Makel. Als wir das Zimmer betraten, stand Makel am Fenster. Er hatte es gekippt und atmete die Luft tief ein. »Makel!« Es war ein freudiger Ausruf von Kurt. Makel zuckte zusammen und drehte sich, seltsamerweise sehr flink und elegant, um. »Man muss doch nicht gleich so schreien.«, sagte Makel. Kurt zog eine Augenbraue hoch. »Makel wollte duschen, aber ich denke, es ist nicht so gut, wenn er sich jetzt schon in der Öffentlichkeit zeigt. Darf er deine Dusche benutzen?«, erklärte ich, um auf den Punkt zu kommen. »Oh ... Äh ... Duschen ... Gute Idee! Ist wahrscheinlich besser! Essen! Ich hole dir was zu essen, in Ordnung Makel?«, plapperte Kurt. »Klingt gut!«, sagte Makel. »In Ordnung! Duschgel und Shampoo stehen in der Dusche, ich hole dir was zum Essen ... Hühnersuppe! In Ordnung?«, laberte Kurt. »Und ... äh ... Handtücher sind da auch ... Bin gleich wieder da!« Kurt ging. Er zog die Tür hinter sich zu und seine Schritte entfernten sich. Makel ging sofort in das kleine

Badezimmer, das in die hintere Ecke des Zimmers eingebaut war. Er schloss die Tür ab und ich hörte, wie er das Wasser aufdrehte.

Ich setzte mich wieder und wühlte in meinem Schulzeug. Na'aim, hatte Makel gesagt ... Ich schlug betreffendes Kapitel auf.

Na'aim-Kunde für Einsteiger

Na'aim sind elementare Wesen. Sie ändern ihre Gestalt, indem sie allein durch ein Element und ein bisschen Willenskraft an eine Gestalt denken. Die Lieblingsgestalt der meisten Na'aim ist eine große Wasserschlange oder Ähnliches. Die letzte bekannte Na'aim verschwand spurlos. Sie war bekannt unter dem Namen Dorelis. Ihr Schicksal ist unbekannt. Es ist auch nicht bekannt, ob eventuelle weitere Na'aim überlebt haben. »Sie sind tot! Sie sind alle tot!«, erklärte Maeltis (Blitzaugen-Obermeister der letzten 50 Jahre) bei seinen letzten Interviews.

Allerlei für den kleinen Na'aim-Kundschafter

Na'aim sind die wohl bekanntesten Monster. Allgemein am bekanntesten ist, dass ihr Hauptelement das Wasser ist. Mit dem Element Erde sehen sie aus wie normale Leute. Nur ohne oder mit jedem Element (Mytrill) sieht man ihre wahre Gestalt.

Wie erkennt man eine/einen Na'aim?

- Sie lieben Fisch
- Sie hassen Sauerkraut
- Sie mögen rohe Eier
- Pfefferminz-Bonbons lösen bei ihnen Brechreiz aus
- Sie verabscheuen Glitzerndes
- Sie sind sehr empfindlich gegen:
  - Licht
  - Geräusche
  - Gerüche

Befindet sich ein Na'aim in der Nähe, ist ein zweiter nicht weit entfernt, da ein Na'aim nur verwandelt werden kann, wenn er die wahre Gestalt eines anderen Na'aim gesehen hat und dann augenblicklich mit allen Elementen in Berührung kommt. Bekanntester Ort für dieses Ritual ist die Goseim-Grotte in der Nähe der Blitzaugen-Schule.

Eine Na'aim-Prophezeiung für Interessenten

In einer alten Prophezeiung der Na'aim steht: »Es kommt der Tag, da kommt einer, der ist anders und der wird uns erretten und befreien, doch ist er nicht auf unserer Seite. Er wird der erste Sohn einer toten Mutter sein und er erfüllt das Schicksal, das uns unsren Namen verlieh, denn sterben wird er nie! Doch lockt ihn der Tod mit zarten Lippen, ein Kuss und sie sind vereint. Ihr Weg führt zu der einen Mutter und der Tochter der Tochter der Mutter in ihrer Zukunft. Die letzten Überlebenden von zwei Arten und doch gehören sie zu keiner, denn ihr Schicksal ist die Zeit und die ewige Unendlichkeit!«

Die Sprache der Na'aim

Es ist kein Zufall, dass die Na'aim sich den Namen gegeben haben. In der Ursprache heißt Na: Nicht und Aim: Sterben. Also nicht sterben. Richtig zusammengesetzt heißt »Die Na'aim« also »Die Unsterblichen«. Sie benannten sich also so, da sie sich für unsterblich hielten, doch jeder weiß, dass sie sterblich sind. Auch die Na'aim mussten das wissen. Wieso sie sich trotzdem so nannten, bleibt daher ein Rätsel. Manche Forscher glauben, es sei auf eine Na'aim-Prophezeiung zurückzuführen. (Siehe: »Eine Na'aim-Prophezeiung für Interessenten«)

Ein Bild eines Na'aim

Der berühmte Künstler Barkan Ahok begegnete auf seinen Reisen einem Na'aim. Er war so fasziniert, dass er viele Bilder malte. Hier sein bekanntestes:

Ich runzelte die Stirn. Sehr ... äh ... ergiebig! Dorelis? Klang ja fast wie Doris, aber ... Wenn Doris diese Dorelis war, dann hatte Makel doch nicht irgendeinen Mist geredet, sondern die größte Katastrophe, die passieren konnte, selbst erlebt. Ich stöhnte.

Das Wasser wurde ausgedreht. Ich hörte ein Handtuch rascheln. »Makel? Ich glaube, du hast doch recht! Was ist, wenn Doris Dorelis ist!«, rief ich. Ich hörte einen dumpfen Schlag, einen erstickten Schrei und wie jemand keuchte. »Makel?«, fragte ich. »Autsch! Ich habe mir eben voll den Kopf gestoßen!«, stöhnte Makel und kam aus dem Badezimmer gewankt. Irrte ich mich, oder war seine Haut leicht grünstichig? Ich musste mich wohl geirrt haben! Makel sah doch total normal aus!

»Den Kopf gestoßen? Wie hast du denn das fertig gebracht?«, fragte ich ein wenig argwöhnisch. Er zuckte mit den Schultern und wechselte das Thema. »Ist Kurt bald wieder mit dem Essen da?«, fragte er. »Weiß ich nicht, aber ich kann ja mal gucken gehen!«, antwortete ich langsam. »Ist mir recht!«, sagte er in möglichst gelangweiltem Tonfall. Ich nickte und ging. Als ich die Tür hinter mir geschlossen hatte, seufzte ich auf. Ich wusste nicht warum, aber ich entspannte mich ein wenig. Langsam ging ich den Gang entlang. Schulfotos von vergangenen Schulklassen sahen mir dabei zu. Jedes Foto war vergilbt. Die Schule ähnelte in jeder Hinsicht dem Labyrinth eines überdimensionalen Ameisenbaus. Die Schüler liefen gerade zur nächsten Schulstunde.

Damit einiges geklärt ist, sage ich einfach mal, ich war keineswegs beliebt in der Schule. Die meisten Leute verbanden eine Begegnung mit mir mit unerträglichen Schmerzen. Ich war allgemein als »die Kämpferin« bekannt. Niemand wollte herausfinden, wie ich außerschulisch drauf war. Da ich jedoch von einigen Schulstunden befreit wurde, als ich geholfen hatte, Makel zu pflegen, hatte sich mein Ruf wahrscheinlich noch verschlechtert.

Meine Schritte trugen mich zielsicher durch die Gänge. »Ah! Lyca!« Kurt kam mir entgegen. In seiner Hand hielt er eine kleine Flasche. »Kannst du das in mein Zimmer bringen? Dann kann ich gleich Makels Essen holen! Es ist konzentriertes Gift, das ich für Julius aufbewahren soll! Er will die Monsterfallen damit einreiben. Es tötet nach nur zwei Minuten.« Er drückte mir die Flasche in die Hand, während er noch redete. Ich nickte. »Komm dann bitte wieder her. In Ordnung?«, fragte er. Ich nickte noch einmal. Wieder begann ich zu laufen. Den Gang entlang.

»Da ist ja Stundenschwänzer-Girl!«, rief da eine bekannte Stimme. Ich drehte mich langsam um. »Natalie ... Du müsstest doch jetzt LKM (Lernkunde Monster) haben ...« »Stimmt, doch was du kannst, kann ich schon lange!« Ich knurrte wütend und lief schnell zu Kurts Zimmer. Sie rief mir ein paar Schimpfwörter und Flüche hinterher, während ich immer mehr vor Wut kochte. Ich musste mich sehr zurücknehmen, um nicht zurückzurennen und der Schnepfe den Hals umzudrehen. Ich schloss die Tür hinter mir. Makel stand wieder am Fenster. Ich stellte die Flasche auf den Tisch und ging in Gedanken versunken wieder zu Kurt. Ich traf Natalie nicht noch einmal. »Lyca, ich hab das hier schnell geholt.« Er hielt mir ein duftendes Tablett hin, auf dem allerlei Leckereien gestapelt waren. »Bring es bitte Makel, denn ich muss in meinen Unterricht!« Ich nahm das Tablett entgegen. Kurt musste schließlich zu HGG (Hilfe gegen Gifte).

Ich trat langsam ins Zimmer und mir fiel erstens auf: Makel saß auf dem Bett.

Zweitens: Die Flasche mit Gift war ... ohne Gift ... also leer!

Ich keuchte erschrocken auf, weil ich es nicht wagte zu schreien. »Makel ... Warum ist die Flasche leer?«, fragte ich stockend. Er sah auf. »Was war denn damit? War es kein Wasser?«, fragte er. Ich keuchte nochmals. »Du hast das doch nicht etwa getrunken!«, rief ich. Mein Atem ging rasselnd. Plötzliche Wut keimte in mir auf. Jetzt war diese ganze Hege- und Pflege-Nummer also umsonst gewesen!

Ich stellte das Tablett auf den runden Glastisch, trat auf Makel zu und ohrfeigte ihn. Statt einfach nur eine rote Wange zu bekommen, flog er quer durch den Raum und schlug an die Wand. Er landete ziemlich unsanft auf dem Boden. Er blieb schockiert sitzen und rieb sich die Wange. »W... was war denn drin?«, fragte er stotternd und ziemlich ängstlich. »Gift! Für die Monsterfallen von Coach Julius! Es tötet innerhalb von zwei Minuten, du Idiot!«, schrie ich wütend über seine Unwissenheit und dann begann ich aus einem unerfindlichen Grund zu weinen. »Du Idiot!«, heulte ich. Ich konnte mich nicht entsinnen, jemals so richtig geweint zu haben. Jetzt tat ich es. Gegen Gift für Monster wurde kein Gegengift entwickelt, da die Monster ja sterben und nicht gerettet werden sollten. Es gab keine Überlebenschancen für Makel, es sei denn ... Ach, das war unmöglich! So etwas passierte so selten und es konnte auch nie wissenschaftlich belegt werden.

»Habe ich letzte Wünsche?«, fragte Makel. Ich schniefte und nickte langsam. »Also ... Sag einfach, das Gift wäre ausgelaufen oder so ... Ich will nicht, dass sie wissen, wie blöd ich war und ... Sag einfach, es war Doris! Sie hat mich getötet, weil ich zu viel gewusst habe ... Oh ...« Makel keuchte die Sätze unter einigen Atemzügen gepresst hervor. Dann begann er zu husten. Er rannte zur Toilette und übergab sich lautstark. Hust, spuck, hust, spuck ... So ging es die nächsten fünfundsechzig Sekunden. Ich wagte es nicht, mich zu rühren, und dann ein dumpfer Schlag, als wäre etwas (oder jemand) auf den Boden gefallen. Langsam und mit extremem Widerstreben ging ich zum Badezimmer. Vor der Toilette lag Makel ... bleich wie ein Blatt Papier ... Ich ging auf in zu. Zuerst spülte ich das Erbrochene herunter, das in der Kloschüssel schwamm, dann hob ich Makel hoch und trug ihn zum Bett. Ich legte ihn hin. Tränen rollten über meine Wange und brannten wie Feuer auf Öl. Ich schloss die Augen kurz und mich traf etwas am Kopf.

Ich rannte. Da war das Monster und diesmal sah ich, dass inmitten der Würmer eine Gestalt hockte. Das Herzstück der Monster ... Der Na'aim, der sie alle zum Leben erwachen ließ. Es war eindeutig die Statue eines Jungen ... Allerdings konnte ich den Jungen nicht einordnen. Seine Haut war dunkellila und um die Augen war sie blutrot. Hellblaue Strubbelhaare hatte er und Augen, die aussahen wie die eines Reptils ... Die Pupille war ein schwarzer Schlitz in dem Grellgelb, in das der Rest des Auges getaucht war ... »Tötet das Monster! Eliminiert die Verräterin!«, schrie der Na'aim und plötzlich hatte der Na'aim Makels Gesicht, wie er da so krank war und diese Worte hervorgebracht hatte, dann war diese Ähnlichkeit weg. Das Monster streckte die Arme gen Himmel und ich fiel ... fiel tief durch düstere Nacht. Das Albtraumgesicht des Na'aim verfolgte mich und dann sah ich wieder vor mir, wie Makel mir »beichtete«, dass er das Gift getrunken habe. Er war tot ... Ich sah den Boden unter mir ... Da war ein Engel mit goldenen Flügeln. Ich sah das Gesicht nicht. Plötzlich war der Engel wieder der schreckliche Na'aim und ich schlug auf dem Boden auf.

Schweißdurchtränkt erwachte ich aus meinem Albtraum und stellte mit Erschrecken fest, dass ich in dem Bett lag, in dem Makel so lange Zeit gelegen hatte. Makel war nicht da, aber Kurt. Er saß auf dem Stuhl am Tisch. »Oh ... Lyca! Du bist aufgewacht! Makel hat mir erzählt, was vorgefallen war. Du hast einen Schwindelanfall bekommen, als du das Essen abgestellt hattest, und dabei das Gift umgeworfen. Du musst dir keine Vorwürfe machen! Du hattest in letzter Zeit aber auch wirklich viel um die Ohren!« Kurt nickte nach allen zwei Worten und ich saß völlig stumm und erstaunt auf der Bettkante. War Makel doch nicht tot? War er etwa doch einer dieser wenigen Leute, die immun gegen Gifte waren? War ich echt so weggetreten oder hatte sich das Makel alles ausgedacht und ...

Mein Traum ... Was hatte mein Traum zu bedeuten?

»Makel duscht gerade!«, meinte Kurt dann. »Kannst du ihm dann das hier geben? Ich muss jetzt los!« Kurt gab mir einen Umschlag. Er machte sich auf zu seinem HGG-Unterricht.

Ich blieb lange Zeit einfach nur da sitzen und rührte mich nicht. Ich dachte nach, kam aber zu keinem Ergebnis. Plötzlich kam Makel aus dem Badezimmer. »Oh ... Lyca ... Du bist wach?«, fragte er. »D... Du warst doch tot u... und das Gift, a... aber ...« Ich stotterte die zusammenhanglosen Sätze hastig hervor, als er mich unterbrach. »Ich denke, ich bin immun dagegen. Was das Gift betrifft, habe ich die Geschichte ein wenig verändert und du bist wirklich weggetreten!« Er beantwortete meine Fragen, als hätte er die Antworten auswendig gelernt oder als würde er sie von einem Blatt Papier ablesen. Ich war wirklich vollkommen verwirrt. Mein Blick huschte durch das kleine Zimmer hin und her und ich suchte vergebens nach irgendetwas, was ich sagen könnte. Da fiel mir wieder der Umschlag ein. Ich hielt ihn Makel hin. »Das hat mir Kurt für dich gegeben.«, meinte ich schlicht. Er blickte erst ein wenig verwirrt, nahm dann aber den Umschlag entgegen. Er öffnete ihn vorsichtig. Ich blinzelte kurz, weil ich den Absender des Briefes erst nicht lesen konnte. »**Abs. Chez**«, las ich dann stumm. Also hatte Makel Post von Chez. Makel holte den Brief aus dem Umschlag und überflog das Geschriebene. Es klopfte an der Tür und ich stand auf, weil Makel zu beschäftigt damit war, den Brief zu lesen. Zufrieden stellte ich fest, dass ich nicht etwa so ein weißes Krankenhaus-Nachthemd trug, sondern meine ausgefranste Lieblingsjeans und mein blaues Spaghettiträger-Top. Ich öffnete die Tür und sah direkt in Chez' Gesicht.

Kapitel 2

»Du kannst hier nicht rein!«, sagte ich bestimmt zu Chez. »Und warum nicht?«, fragte er angenervt und wütend. »Mein bester Freund ist da drin und ich will wissen, wie's ihm geht!« Während er das sagte, versuchte er sich an mir vorbeizuquetschen. Ich rührte mich nicht und machte auch keine Anstalten, ihm Platz zu machen. Plötzlich zog mich etwas nach hinten. Chez stürmte ins Zimmer und Makel ließ mich los und ging auf seinen besten Freund zu. »Chez!«, rief er glücklich. »Dir scheint's ja blendend zu gehen, Makel, hat mir jemand 'nen Streich gespielt, als mir gesagt wurde, du lägest im Sterben? Ich kann auch wieder gehen!« Ich verdrehte die Augen, während Chez seine übliche Show abzog. »Mir geht es wieder gut, Chez, du bist zu spät gekommen!«, meinte Makel grinsend. Die zwei gingen in ihren üblichen Labermodus über. Klar, so was machen coole Typen nicht, aber man kann dieses Blablabla eben nicht anders nennen.

Ich saß auf dem Stuhl und die Jungs auf dem Bett, während die beiden sich gegenseitig ihre Erlebnisse schilderten. »Und dann bin ich aufgewacht und lag genau hier auf dem Bett! Gruselig irgendwie ...«, beendete Makel gerade. »Hast dich aber schnell erholt.«, meinte Chez. »Also ich hab meinen Onkel Oskar getroffen ... Du weißt schon ... Onkelchen! Dieser Monstersammler! Er ärgert sich total, dass er keine Kralle eines Greifs hat. Ich musste ihn regelrecht zur Therapeutin prügeln, was ich echt nich verstehe, weil die total schnuckelig aussah, und ich glaub, die is Single! Tja ... Dann musste ich in seinem Haus die Putzfrau spielen. Das war total unheimlich. Der hat in seiner Sammlung sogar das Gebiss eines Na'aim! Das war eingelegt in so eine komische Flüssigkeit und MANN!!! Das Teil sah schärfer aus als das Gebiss eines Piranhas oder Hais.« »Heißt das, dass Na'aim ein spitzes Gebiss haben?«, fragte Makel. Ein Schauer fuhr seinen Rücken hinunter. »Nee! Nur wenn die tot sind oder Hunger haben oder wenn man denen ihre Lieblingsspeisen vor der Nase rumschwenkt. Zum Glück war dieser Na'aim, der bei dir war, nich hungrig auf dich! Das hätte übel ausgehen können!«, bei jedem von Chez' Worten zuckte Makel zusammen, als hätte er ihm jedes Mal einen Stromschlag verpasst. »Besuchszeit abgelaufen!«, erklärte ich feierlich mit Blick auf die große Wanduhr. »Ich muss sowieso zum Unterricht! Gute Besserung, Makel!« Chez stand auf. »Makel schläft heute wieder in seinem Zimmer!«, sagte ich zu Chez. Makels Gesicht wurde fröhlicher. »Woher weißt du das?«, fragte er. Ich zeigte auf den Notizzettel, der an der Wanduhr hing und von Kurt signiert war. Chez grinste breit und zog die Tür zu.

»Ich ruh mich ein bisschen aus.«, meinte Makel und legte sich hin. Ich nickte und ging ebenfalls zu meiner nächsten Unterrichtsstunde.

Julius warf uns in einer schnellen Bewegung unsere Kampfstäbe zu. Wir fingen und widmeten uns den Übungspuppen. »Doppelschlag rechts und Kopf attackieren mit Schlag nach Wahl!«, kommandierte Julius. Ich schleuderte den Kampfstab zweimal gegen die rechte Flanke der Puppe und schlug den Stab dann auf den Puppenkopf. Ich ließ mich von der Wucht des Angriffs nach oben katapultieren und landete nach einem weiteren Kampfstabhieb auf der zu Boden gegangenen Puppe. Neben mir schlug Chez der Puppe gerade den Kopf ein und Kuffkuff warf die Puppe zu Boden und trommelte mit dem Kampfstab auf ihrem Kopf herum. »Gute Arbeit!«, lobte Julius. Er klatschte in die Hände und plötzlich flog ein Pfeil hinter einem Baum hervor. Coach Julius keuchte erschrocken auf. Der Pfeil flog auf ihn zu. Ein Attentat! Mein Herz wummerte wie ein Presslufthammer in meiner Brust und doch schien alles wie in Zeitlupe zu sein. Ich zerrte meine Puppe hoch und warf sie in die Flugbahn des Pfeils. Der Pfeil durchbohrte die Puppe zwar bloß, änderte dadurch aber auch minimal seine Flugbahn. Der Pfeil sirrte haarscharf an Julius vorbei. Wir alle standen wie gelähmt, als der Pfeil an einem anderen Baum das Ende seiner Flugbahn fand. »Gut reagiert!«, meinte Julius dann anerkennend. »Ihr anderen! Wenn Lyca nicht reagiert hätte und dies kein Test gewesen wäre, dann wäre ich jetzt tot! Ihr müsst schneller reagieren! Immer bereit sein! Die Stunde ist beendet!« Coach Julius verließ den Übungsplatz und wir erwachten aus unserer Starre. Wir packten unsere Sachen und gingen jeder in sein Zimmer.

Ich konnte mich glücklich schätzen, dass ich das einzige Einzelzimmer außer Kurt besaß. So konnte ich jetzt Vorbereitungen treffen. Unter meinem Bett holte ich Videokameras hervor ebenso wie Monitore. Ich hatte sie mir vor etlichen Jahren mal gekauft und jetzt konnte ich sie endlich benutzen. Ich legte sie mir bereit und ging dann in die Caféteria, um zu Abend zu essen. Ich öffnete die Birkenholztür und trat ein. An den hohen Wänden hingen Bilder von exotischen Spezialitäten und die langen Tische waren bedeckt mit Blumengestecken, die wir in EOM (Entspannen ohne Monster) gemacht hatten. Die anderen Schüler drängelten sich an der großen Essenstheke, auf der frisches Brot und Brötchen lagen. Daneben lagen Butterstückchen und Frischkäse. Die Wurst- und Käseplatten standen in der Nähe und direkt in meiner Reichweite standen die Streichpasteten und Kräuter. Ich schnappte mir einen Teller und reihte mich in die Schlange ein. Ich nahm mir eine frische Brotscheibe mit Butter und Kräuterkäse. Beglückt ging ich zu dem langen Tisch. Ich setzte mich ganz ans äußerste Ende und aß mein Abendessen genüsslich und in bekannter Einsamkeit auf.

Als es Abend war, legten sich alle schlafen, doch ich hatte andere Pläne. Eine Kamera würde ich in Makels Zimmer aufstellen, denn er war ja das Opfer des Na'aim und es würde mich nicht wundern, wenn dieser Makel noch einen Besuch abstattete. Es musste zwei Na'aim geben, und selbst wenn Doris Dorelis war, musste es noch einen Na'aim geben, dessen Identität erst enthüllt werden musste, denn Doris konnte unmöglich dieses Monster sein.

Wer kam noch infrage? Ich würde diese Kamera aufstellen und dann würde ich versuchen, Verdächtige zu finden. Ich nahm also die Kamera und prüfte die Batterien. Dann schlich ich durch die dunklen Schulkorridore. Ich hörte nichts, nur hier und da ein Schnarchen, so wie aus Natalies Zimmer. Ha, ha! Schließlich kam ich zu Makels und Chez' Zimmer. Drinnen war es ruhig. Ich öffnete leise die Tür. Chez drehte sich auf die andere Seite. Mein Herz hämmerte wild und Adrenalin schoss durch meine Blutbahnen. Jedes Geräusch ließ mich zusammenzucken. Ich montierte die Kamera so, dass sie das gesamte Zimmer ins Bild bekam und sie trotzdem niemand sah. Leise stellte ich sie auf ON und verließ das Zimmer auf leisen Sohlen.

Ich atmete tief durch, als die Tür sich hinter meinem Rücken mit einem leisen Klick schloss. Schnell huschte ich in mein Zimmer und installierte den Monitor. Ich legte eine DVD ein, drückte auf AUFNAHME und schaltete den Ton ab. Außerdem legte ich eine Decke über den Bildschirm. Ich ging zu meinem Bett und zog mich schnell um. Ich seufzte erleichtert und ließ mich tief ins Kissen sinken. Langsam fiel ich in tiefen Schlaf.

Ein Gesicht ... Das Gesicht des Na'aims ... **Geh weg!,** schrie ich. Die Gestalt zuckte zusammen. **Stirb, du Monster!,** rief ich und ich spürte meine Augen brennen vor heißen, salzigen Tränen. Der Na'aim sah mir in die Augen oder eher daran vorbei. Ich schaute hinter mich. Hinter mir stand Doris. »Spring doch, oder hast du Angst, dass etwas passiert? Keine Sorge! Selbst wenn, es würde nur kurz weh tun.«, zischte sie dem Na'aim zu. Ich drehte mich um, aber jetzt stand da ... Makel?!?! »Aber wir sollen nicht in die Grotte gehen und unter keinen Umständen das Wasser berühren ...«, nuschelte er abwesend und sah die schlammige Flüssigkeit mit vor Angst geweiteten Augen an. »Du wirst jetzt da reingehen!«, schrie Doris. Sie packte Makel und versuchte, ihn hineinzustoßen. Er klammerte sich an ihr fest und quiekte ängstlich. Plötzlich sprang Doris. Makel ließ sie hastig los, doch es war zu spät. Sie waren beide im Wasser. Erschrocken sah ich zu, welche Wirkung das blubbernde Schlammzeug auf Doris hatte. Ihre Gestalt wuchs und sie verwandelte sich in eine gigantische Schlange mit riesigen Giftzähnen. Sie fauchte wütend.

Makel wurde von einem unsichtbaren Strudel nach unten gezogen. Er presste sich die Hände gegen die Kehle und Brandblasen befleckten seine Haut. »**Einatmen, Makel! Luft anhalten gilt nicht!**«, zischte die Schlange. Makels zittrige Lippen öffneten sich zögernd und dann wurde er schlaff. Plötzlich waren da die Monster und sie hoben Makel aus dem Becken. Doris stieß einen zischenden Laut aus und verwandelte sich in einen Menschen. »Aber was ... «, begann sie. Entsetzt sah ich, wie einige Monster sich genüsslich ein Stück von Makel abrissen und dann formten sich die vielen kleinen Monster zu dem geballten Ding. In der Mitte sah ich kurz eine dunkellila Gestalt. Der Na'aim! Er hatte Makel gerettet! Aber warum? Wer war der Na'aim? Ein Gesicht erschien vor meinem Gesicht. Es war Makels bester Freund: Chez! Er hatte kein Alibi, er hatte einen Grund, Makel zu retten, und er war (fand ich) gemein genug, um der Na'aim zu sein!

Schweißgebadet erwachte ich. Ein kurzer Blick auf die Uhr zeigte mir, dass es gerade mal vier Uhr morgens war. Trotzdem konnte ich nicht anders. Ich stand auf und zog die Decke vom Monitor. Tatsächlich! Sie waren schon wach und sie unterhielten sich, das erkannte ich daran, dass zwei Taschenlampen durch die Dunkelheit ihr Licht verbreiteten. Ich stöpselte einen Kopfhörer ein und setzte ihn schnell auf. Ich war so eifrig bei der Sache, dass meine Finger zitterten.

»Das ist doch megakrass, Makel!«, flüsterte Chez gerade. »Ich finde es irgendwie gruselig ... «, hauchte Makel. Seine Stimme klang irgendwie belegt. Über was redeten sie gerade? »Also ich finde es cool! Kannst du dir überhaupt vorstellen, was ich alles machen könnte?«, überlegte Chez flüsternd. »Zum Zirkus gehen, du Idiot!«, schlug Makel vor. »Da kannst du es ja gleich in die Zeitung setzen! Ich kann es mir schon bildlich vorstellen: **Kein Alibi, aber eine Beichte, wer will der nächste Na'aim werden? Hier kann jeder ein Monster sein!** Ha, ha!«, machte Makel ironisch. Chez schnaufte missbilligend. »Du hast doch davon keine Ahnung!« »Ja, aber du denkst immer nur ans Showbusiness und nie an die Folgen! Außerdem bin ich hier das Opfer, schon vergessen?«, bemerkte Makel abfällig. Chez knurrte ein wenig und murmelte was von: »Der nächste Houdini wirst du bestimmt nicht!«

Sie redeten also über das Na'aim-Dasein und wie es schien, hatte ich recht behalten! Also war Chez wirklich der Na'aim, obwohl die Aussagen nicht ganz deutlich waren … Allerdings bezweifelte ich, dass Makel der Na'aim war, aber man musste auf Nummer sicher gehen. Nächste Nacht würde ich die »Hauptverdächtigen« enttarnen!

»Wir können gerne tauschen, wenn du willst!«, fauchte Makel gerade. Er klang sehr gereizt. »Lieber das Opfer, als in meine Rolle zu schlüpfen!«, lachte Chez leise.

Komm zu Mama, eindeutiger Beweis!, bettelte ich das Schicksal an, aber das Schicksal mochte mich nicht und daher sagte Makel: »Machen wir lieber das Licht aus, ich will noch ein wenig ausruhen …« Chez lachte kurz ruppig und dann gingen die Taschenlampen nacheinander aus. Man hörte nur noch das Geräusch von zwei Lebewesen (einem Menschen und einem Na'aim), die langsam und tief ein und aus atmeten. Niemand schnarchte, aber sie waren beide ganz bestimmt schon eingeschlafen. Selbst der Na'aim, denn der war den ganzen Tag wach gewesen und die waren normal nachtaktiv … Puh, das würde mir stinken! Ich nahm die Kopfhörer ab, schaltete wieder auf lautlos und bedeckte den Monitor wieder mit der Decke. Ich legte mich hin, aber aufgeputscht von meiner kleinen Entdeckung konnte ich nicht einschlafen. Stattdessen kreisten meine Gedanken immer noch um das Gespräch herum. Vielleicht verband ich Makel unterbewusst deshalb mit dem Na'aim, eben weil ich wusste, dass Chez der Na'aim war … Unterbewusst kannte ich also schon diese gesamte verdammte Geschichte, die ich gerade durchlebte, und trotz meiner Wut auf mein blödes Unterbewusstsein musste ich mir eingestehen, dass es doch ein kleiner Trost war, dass ich auch in den schwierigsten Situationen einen relativ kühlen Kopf bewahrte. Erst die Möglichkeiten einer Flucht berechnen und dann erst fliehen, war mein Motto. Waren die Chancen schlecht, dann lieber kämpfen und nicht als Angsthase sterben. Ich war zwar noch nie gestorben, aber ich konnte mir vorstellen, wie man im Todesreich ausgelacht werden konnte.

Mein ganzes Leben basierte auf diesem simplen Spiel. Manche meinen: Wer nicht wagt, der nicht gewinnt, doch ich meine, wer nicht schlau trickst, der hat am Ende nix! Tja, so ist das im Leben! Alkohol und Zigarren bergen nicht die Lösung für alles, aber ein kühler Kopf und zehn flinke Finger schon! Na ja, meistens zumindest!

Ich war wohl doch inmitten meiner Überlegungen eingedöst, denn als ich erwachte, war es sechs Uhr. Höchste Zeit zum Aufstehen. Bevor ich aber zum Unterricht ging, würde ich noch einen kurzen Blick auf den Monitor werfen. Ich hob die Decke und ließ sie schnell wieder fallen. Ich wurde schamrot, denn Makel und Chez zogen sich gerade um!!! Was hatte ich denn gedacht, was die machen? Das sind Jungs und ihr Zimmer ist ihre einzige Privatsphäre! Wo und wann sollten die sich denn sonst anziehen? Ich würde nie wieder so unüberlegt auf den Monitor schauen!!!

Ich fand mich heute früher als gewöhnlich in der Caféteria ein. Vielleicht brauchte ich die »harten« Maßnahmen gar nicht, wenn das hier gut ging. Die Lunchlady hatte keine Einwände gehabt und ohne weitere Fragen hatte sie ein ganzes Tablett mit stinkigem Fisch rausgestellt, als ich sie nach der Lieblingsspeise der Na'aim gefragt hatte. Sie hatte wohl auch ohne mich den Plan gehabt, ein wenig Ekelessen zu ... servieren ... Ich saß wieder an meinem Stammplatz und hatte mir ein Brötchen mit Butter und darauf Erdnussbutter gestrichen. Das schmeckte leckerer, als manch einer glauben konnte. Langsam kamen die ersten Schüler in die Caféteria und dann begannen auch schon die ersten die Nase zu rümpfen und skeptisch den Fisch zu betrachten. »Bäh!«, hörte ich einige jüngere Blitzaugen kichern. Dann kamen Chez und Makel durch die große Tür. Ihre Blicke weiteten sich sofort und dann sahen sie sich entsetzt an, aber nur mir schien das aufzufallen. Makel sah zum Fisch. Ich konnte seine Miene nicht deuten, aber Chez wirkte interessiert, allerdings nicht an dem Fisch, sondern an Makel ... Chez hielt sich spielerisch die Hand vor die Nase und stupste Makel mit dem Ellebogen an, er solle es ihm gleich tun, doch Makel war wie erstarrt und stierte den Fisch mit geweiteten Augen an. Er wirkte fast schon gierig.

Beinahe hätte ich über diesen Umstand gelacht, bis es mir einfiel. Das Gespräch war nicht deutlich gewesen, aber Chez wirkte eindeutig kein bisschen erpicht auf den Fisch, während Makel aussah, als wolle er am liebsten die ganze Ladung hinunterschlingen ... Da packte Chez Makel unvermittelt am Arm und zog ihn aus dem Raum. Niemand hatte dieses kurze und doch entscheidende Schauspiel gesehen. Niemand, außer mir.

»Was ist denn, Liebchen?«, fragte die Lunchlady, die plötzlich neben mir stand. »Ich muss mal raus ...«, murmelte ich abwesend und stand auf. Meine Beine trugen mich erst langsam, dann immer und immer schneller, bis ich rannte. Sie trugen mich an meinen Mitschülern vorbei und als ich niemanden mehr sah, raste ich wie wild, bis ich mit Chez zusammenknallte. Er kam gerade aus Makels und seinem Zimmer. »Autsch! Pass auf, wo du hinrennst!«, keifte er, während er sich die Nase rieb. Sofort bemerkte ich die dicken Striemen, die unter seinem Ärmel hervorlugten. Ich schlug den Ärmel zurück. »He! Was soll das!«, beschwerte er sich und versuchte sich zu befreien. Ich drückte ihn gegen die Wand und drehte seinen Arm leicht. Eine dicke blutige Wunde klaffte in der Mitte seines Armes. Die Wunde war frisch und es war eindeutig eine Bisswunde. Die Zähne mussten sehr stark und lang gewesen sein, denn dies musste ein leichter Biss gewesen sein und trotzdem war die Wunde tief. Dass es ein leichter Biss war, erkannte ich daran, dass sich die Backenzähne nur ganz leicht eingedrückt und somit nur die Haut aufgekratzt hatten. Dies war der Biss eines Na'aims! Ich ließ ihn los und er stolperte zur Seite. Ich konnte es nicht fassen. Makel war der Na'aim? Aber wie ... Es sei denn, Chez hatte sich selbst gebissen. Ich lächelte. Das war logischer. Ich ging schnellen Schrittes den Gang entlang zu meinem Zimmer. »He! Was sollte denn das!«, keifte Chez hinter mir her, aber ich wollte diesem Monster nicht antworten.

In meinem Zimmer zog ich den Monitor unter der Decke hervor. Makel saß auf seinem Bett. Anscheinend weinte er. Klar, er hatte gesehen, wie Chez sich selbst in den Arm gebissen hatte, und daran gedacht, dass er das hätte sein können! Gerade schloss Chez wieder die

Tür hinter sich. Ich setzte die Kopfhörer auf und stellte den Ton wieder an.

Makel hob den Kopf. Chez' Ärmel war immer noch hoch gezogen und Makel heulte nur so. »Das hättest du nicht tun dürfen!«, heulte er. Er meinte damit bestimmt, dass Chez sich nicht in den Arm hätte beißen dürfen. Pah!

»Hey, sonst hätte es dich erwischt!«, meinte Chez schmunzelnd und Makel fing noch mehr an zu heulen. Seine Augen waren schon ganz rot. Sein ganzes Gesicht war schon fleckig rot und teilweise so fleckig rot, dass es aussah wie pures Blut. »Ich will nicht mehr! Ich will die alte Langeweile zurück!«, hustete Makel zwischen einer Rotzfahne und einem wahrhaftigen Tränen-Wildwasser-Fluss. »Man muss halt Opfer bringen, aber dafür sind Freunde da!«, meinte Chez lächelnd. Wollte er Makel etwa zwingen, der Freund des Monsters zu sein?!?! Was für ein Monster Chez doch war! Das Schlimmste an der Sache war, dass ich nichts tun konnte – noch nicht.

Das Wissen, das ich an diesem Tag erlangt hatte, sorgte nicht gerade dafür, dass der Tag erträglich war ... Ganz im Gegenteil konnte ich noch nicht einmal Kuff kuff besiegen, so ungeduldig war ich! Mist, Mist! Zum Glück hatte ich es irgendwann doch geschafft. Ebenso hatten es Makel und Chez geschafft, sich für den heutigen Unterricht zu entschuldigen.

Nun war die Zeit gekommen, in die Bibliothek zu gehen und endlich das Rumsitzen und Trübsalblasen zu beenden. Jetzt sprach ich mit Taten!

A... B... C... D... E... F... G... H... I... J... K...

Mein Finger zeichnete eine dünne Linie in die Luft, als ich mit den Augen über die Inhaltsangabe der Bücher strich. Da! **L... M! Ma!** Da war es ja schon: **Magische Rituale und Enthüllungszauber-Bannsprüche für jedermann. Regal 500, Reihe 2, Autor Gigny Havontry.**

Ab zu Regal 500! Ich schritt durch die Bücherei und schaute rechts und links. Mein Blick suchte die 500. Die Regale waren aus Buchenholz und kunstvolle Ornamente waren hineingeschnitzt. Dicke Bücher, dünne Bücher, gebundene Bücher, Taschenbücher, Wissensbücher, Romane und Krimis, sie alle standen Deckel an Deckel in den bis zur Decke hohen Regalreihen. Sie hatten verschiedene Farben und sahen aus wie ein ewiglanger Regenbogen, in dem hier und da eine kleine Lücke war, weil betreffendes Buch gerade entliehen war. Ich machte einen Schlenker nach rechts und stand auch schon vor Regal 500. Mein Blick glitt sofort zu Reihe zwei. Da war eine einzelne Lücke. Ich suchte die Reihe ab und dann überkam mich Verzweiflung. Das Buch war ausgeliehen. Vielleicht wurde es vorne ja schon wieder abgegeben … Hoffentlich! Hastig eilte ich zum Schalter, wo ich gerade Coach Julius mit einem Buch in der Hand wegeilen sah. Es war: **Magische Rituale und Enthüllungszauber-Bannsprüche für jedermann.** Na toll! Also hatte er es sich gerade ausgeliehen! Ich eilte ihm hastig nach. »Coach Julius! Coach Julius! Für was brauchen Sie denn das Buch?«, fragte ich vielleicht ein wenig zu aufdringlich. Er runzelte die Stirn. »Das ist für Kurt! Er soll jeden Schüler untersuchen und daher braucht er die Rezepte hier drinnen!«, meinte er und deutete beiläufig auf das Buch. »Ich … äh … bräuchte es nämlich auch mal …«, murmelte ich mit gesenktem Kopf. »Was Bestimmtes?«, fragte Julius. Ich nickte knapp. »Kann ich mir die Seite vielleicht kurz kopieren?«, fragte ich so beiläufig wie möglich, was mir leider nicht gelang. Ich verspürte ein ängstliches Kribbeln in der Magengrube. Würde er Nein sagen und mich zurechtweisen? Seine Antwort lautete: »Klar! Gehen wir gemeinsam in Kurts Zimmer, ich denke, dort hat er einen Kopierer …« Ich war so angespannt gewesen, dass sich mir vor Erleichterung nun fast der Magen umdrehte.

Endlich hatte ich die Seite! Jaaaaa! Ich las sie mir wieder und wieder durch und freute und freute mich und dachte jedes Mal daran, wie knapp das war.

Die Nacht schien viel zu schnell angebrochen zu sein und der Mond schien viel zu schnell vorwärts zu kriechen. Ich hoffte, der Na'aim wäre diese Nacht nicht wach. Alle Blitzaugen besaßen ein wenig Kreide und das und ein paar Wörter war alles, was man für den Fängerkreis brauchte! Ich schlich auf leisen Sohlen mit meiner Kreide und dem Zettel zum Zimmer von Chez und Makel. **Der Kreis wirkt nur bei Na'aim.** Ich hatte mir die Warnungen auf dem Zettel deutlich eingeprägt. **Nur der, der die Formel sprach, kann sie später auch brechen.** Ziemlich unheimlich ... **Unerträgliche Schmerzen verspürt der Na'aim bei der Berührung mit dem Kreis! Er oder sie kann den Kreis nicht durchschreiten und so ist der Formelsprecher geschützt, wenn der Na'aim im Kreis und der Formelsprecher draußen steht. Normale Menschen können den Kreis mühelos durchschreiten.**

Ich war an der Zimmertür angekommen. Mein Herz pumpte mir das Adrenalin in riesigen Stößen durch den Körper. Ich trat ein. Mit der Kreide zog ich um beide Betten einen Kreis. Natürlich hatte ich mich erst vergewissert, dass beide in ihren Betten lagen.

Der Na'aim kennt sofort die Identität des Formelsprechers, sobald er oder sie in Berührung mit dem Kreis kommt.

Ich atmete einmal tief durch. »Bresser tara shier re Na'aim questryn ... «, flüsterte ich und hielt die Kreide hoch. Die weißen Kreidekreise auf dem Boden wurden blau, wie in der Anleitung beschrieben. Makel und Chez schliefen weiter, doch morgen würde die Hölle los sein! Ich lächelte zufrieden und verließ das Zimmer. Froh darüber, meine Aufgabe getan zu haben, kuschelte ich mich in mein Bett.

Ich träumte in dieser Nacht überhaupt nichts, aber ich wurde von einem übermenschlich lauten Aufschrei geweckt. Ich öffnete die Augen und setzte mich kerzengerade hin. Es war so weit. Ich zog mich schnell an, als es an meiner Tür klopfte. Ich wusste, dass niemand wach geworden war. Der Na'aim war in seinem Kreis isoliert. Nur der Formelsprecher konnte sein Schreien hören. Es war also höchst seltsam, dass jemand jetzt wach war.

Plötzlich wurde die Tür brutal aufgetreten und vor mir im Türrahmen stand Chez ...

Kapitel 3

Wieso war er nicht in seinem Kreis, ich hatte ihn doch schreien hören?

Er sah den Zettel auf meinem Schreibtisch liegen, hob ihn auf und las ihn kurz. Dann stöhnte er schockiert. »Du Monster!«, schnaufte er. Ich zuckte erschrocken zusammen. Warum, warum war er nicht in seinem verdammten Kreis?!?!

»Weißt du, was du angerichtet hast? Es wäre alles gut gegangen, wenn du nicht gewesen wärst!«, brüllte er und dann zuckte ich zusammen, aber nicht, weil er so laut war, sondern weil wieder ein Schmerzensschrei des Na'aim in meinen Ohren hallte, und mit einem Mal wurde mir die schreckliche Wahrheit klar ... Makel war doch der Na'aim! Er hatte Chez gebissen, er hatte das Gleiche gesagt wie das Monster, das ihn gerettet hatte, er ist so schnell gesund geworden, weil sich seine Genetik irgendwie verändert hatte ... Der hungrige Blick, als er den Fisch gesehen hatte. Das Gespräch, er wäre das Opfer, Chez' Bemerkung von wegen Freunde halten zusammen und, und, und ...

Ich taumelte leicht. Chez hatte Tränen in den Augen. Noch ein Schmerzensschrei ... Ich sank zu Boden. Plötzlich umfasste Chez mein Handgelenk mit festem Griff und zog mich mit. Makels Schreie hallten in meinem Schädel ... Dumpfe Bilder, wie hilflos er war, und plötzlich hatte ich wieder meinen Traum vor Augen. Oh, ich verfluchte mein Unterbewusstsein im Stillen. Chez' eisige Faust auf meiner Nase holte mich in die Realität zurück. Ich weinte. Er machte die Tür auf und mein Blick zuckte sofort zu Makels Bett. Ich sah Makels zerwühlte Decken, aber keinen Makel ... Doch! Unter dem Bett sah ich eine kleine zusammengekauerte wimmernde Gestalt ... »Ich hab sie!«, verkündete Chez. Keine Reaktion von Makel, nur ein leises Schluchzen. »Auf dem Zettel hier steht, wie man den Kreis wegbekommt!«, versuchte es Chez noch einmal. Sofort versuchte Makel sich aufzurichten und knallte mit dem Kopf ans Bett. Vorsichtig krabbelte er unter dem Bett hervor. Er war aber nicht vorsichtig genug, denn mit dem einen Fuß berührte er den Kreis und wieder ein Schrei, den nur er und ich hören konnten. Lauter als die bisherigen. Schmerzlicher als die bisherigen und ich sank zu Boden und hielt mir die Ohren zu. Chez hörte nichts, aber er schlug mich ziemlich fest. Er sah, wie sein bester Freund sich vor Schmerz krümmte und den Mund zu einem Schrei geöffnet hatte, aber er konnte nichts hören … Ich fiel vornüber, als der Schrei langsam verebbte und Makel nur noch röchelnd atmete. Noch nicht einmal das konnte Chez hören! »Was hab ich dir je Schlimmes getan?«, fragte Makel mich mit zitternder und vor Angst bebender Stimme. Ich weinte, weinte und weinte. Was hatte ich getan? Chez schlug wieder zu. »Bitte, Chez, hör auf, das bringt nichts!«, bettelte Makel in flehendem zittrigem Stimmengewirr. Natürlich konnte Chez das nicht hören und schlug wieder zu. »Hol ihn da sofort raus, oder du erlebst das Frühstück nicht mehr!«, zischte Chez mir ins Ohr. Makel keuchte erschrocken auf, als er das hörte. »Chez, nicht! Ich wäre sowieso aufgeflogen, hör auf!«, bettelte er und weinte, doch Chez schlug wieder zu. Auch er hatte Tränen in den Augen. Ich lag ausgestreckt auf dem Bauch und konnte mich nicht rühren. Erstens, weil ich nicht wollte. Zweitens, weil sich jeder Knochen, Muskel und jedes Organ in meinem Körper anfühlte, als wäre es entzwei gebrochen. Inklusive meines Herzens … Ja, es brach mir das Herz, Makel so zu sehen … Ich wollte, dass Chez seine Drohung wahr machte, denn ich wollte das Frühstück nicht mehr erleben. Mein Leben hatte nie einen Sinn gehabt und jetzt war es auch noch ruiniert, warum sollte ich weiterleben wollen? Ich wollte irgendwo sein, wo ich nützlich war, und sei es nur ein Lunchlady-Job. Ich wollte ein neues Leben, aber da das zu spät war, wollte ich den Tod! Nur weg mit mir! Ich war sowieso nichts wert! Ich machte sowieso nur immer alles falsch. Plötzlich wurde mir bewusst, dass die Schläge verebbt waren. Vorsichtig sah ich auf.

Chez war zu Makel gegangen und hatte den Kreis durchtreten. Jetzt saß er neben ihm auf dem Bett und versuchte ihn zu beruhigen. »Sie wird es nicht tun, Chez! Warum sollte sie mich gehen lassen? Welchen Grund sollte sie haben?«, weinte Makel. Ich feuchtete meinen Gaumen mit der Zunge an und flüsterte dann die Gegenformel, nur für die Magie bestimmt, und ich wusste, dass sie mich nicht hörten. »Cia re Na re Aim re cia ...«, flüsterte ich und es klappte. Sie sahen es nicht, aber der Kreis wurde wieder weiß.

Schwarze Wolken schoben sich vor mein Blickfeld. Mir entglitt mein Körper und ich wurde bewusstlos.

»Ist sie tot?« »Das glaub ich nicht ... Sie atmet zum Glück noch!« »Zum Glück?!?! Nach allem, was sie dir angetan hat, willst du sie immer noch in Schutz nehmen?!?!« »Sie konnte doch nicht wissen, dass es so ...« »Erzähl das deiner Großmutter, Makel!« »Du weißt, dass ich nicht weiß, wer meine Familie ist und ob sie überhaupt noch leben?« »Klar! Aber die müssen wie du gewesen sein und ist das nicht total krass? Was wir alles machen könnten ...« »Lass das Träumen, Chez! Ich glaub, Lyca wacht auf!«

Ich stöhnte. Viele Stimmen ... Kopfweh! Ganz viel Kopfweh! Es wunderte mich, dass mein Gehirn kein Mus war, so pampig fühlten sich meine Gedanken an. Magischer Kreis ... Makel ... Befreiungsformel ... Ich stöhnte.

»Es wundert mich fast, dass sie noch lebt, weil du sie ja halb tot geprügelt hast, Chez!« Das war Makels Stimme. »Ich frage mich, wieso der Kreis plötzlich nicht mehr gewirkt hat ...«, murmelte Chez' Stimme. **Weil ich ihn befreit habe, bevor ich weggedöst bin, du Hornochse von bestem Freund!**, hätte ich am liebsten geschrien, aber ich wollte die Augen nicht öffnen und den Mund erst recht nicht. »Na toll! Jetzt ist sie wieder weg!«, murrte Chez. Makel lachte kurz und nicht amüsiert auf. »Ich wette, sie ist wach, und ich wette sie hört auch jedes Wort, das wir sagen!«, meinte er. Irgendwas streifte meinen Arm und ich bekam eine Gänsehaut. Meine Finger zuckten kurz. Ich begann mit der Bestandsaufnahme. Ich konnte meine Zehen, Füße und Beine spüren. Meine Finger ebenso wie meine Arme waren auch noch dran. Meine ganz privaten Körperteile fühlten sich auch noch anwesend an und mein Kopf saß auch noch auf seinem Platz (was mich ehrlich gesagt ein wenig frustrierte). Mein Gesicht und alles was dazugehörte war auch anwesend. Alles dran, alles noch da, alles prima und mein Hirn fühlte sich langsam auch nicht mehr so matschig an. »Steh auf, du dumme Ziege, oder ich helf dir mal!«, brüllte Chez. Ich konnte vor meinem inneren Auge regelrecht sehen, wie er sich bei diesen Worten aufplusterte. Arroganter Schnösel!, ging es mir durch den Kopf und ich konnte mich nicht mehr halten. Ich sprang auf die Beine, öffnete die Augen und boxte ihm direkt auf die Nase.

»Blödmann!«, zischte ich, dann setzte ich mich in den Schneidersitz und beobachtete die folgende Szene. Chez taumelte zurück und landete auf dem Hintern, während er sich die Hände vors Gesicht hielt. Dann eilte Makel zu ihm, um ihm zu helfen. Makel sah irgendwie verändert aus … Vielleicht lag es aber nur daran, dass ich sein Gesicht mit dem des Albtraum-Na'aims verglich und viel zu viele deckungsgleiche Details fand, die mir bisher nie aufgefallen waren. Natürlich war seine Haut nicht dunkel-lila, aber trotzdem! »Mein armer Riecher!«, brachte Chez hervor und funkelte mich böse an. Ich blickte unverwandt zurück. Ich war nur die unbeteiligte Zuschauerin und hatte nichts mit seinem blutigen Zinken zu tun!

»Bewach sie, Makel!«, befahl Chez. Makel seufzte und ging zu mir. Ich musterte ihn noch mal von Kopf bis Fuß. Er setzte sich vor mich. »Ich habe gehört, dass du die Befreiungsformel gesprochen hast. Danke, aber warum?«, flüsterte er so, dass nur ich ihn hören konnte. »Du hast mich gehört?«, flüsterte ich zurück. Er nickte und zeigte auf sein Ohr. »Die sind auch besser geworden.«, flüsterte er als Erklärung. Ich nickte bedächtig. »Warum?«, wiederholte er seine Frage. Ich biss mir auf die Unterlippe. »Ich weiß nicht, aber ich konnte den Anblick nicht ertragen und …« »Es war Mitleid.«, unterbrach er mich und brachte meine Erzählung auf den Punkt. Ich nickte knapp und biss mir wieder auf die Unterlippe. »Wirst du mich verraten?«, brachte er auch diese in der Luft stehende Frage auf den Punkt.

Ich ihn verraten? Für mich war er irgendwie trotzdem kein Monster. Obwohl es so klar wie Kloßbrühe war, dass Makel der Na'aim war, erforderte es keine großen Geistesvorstellungen, mir immer noch einzureden, dass Chez das Monster war und nicht Makel. Wieso sollte ich ihn verraten? Welchen Grund sollte ich haben? Er war nicht gefährlich, er hatte nur Angst!

Ich schüttelte selbstsicher den Kopf. »Ich wollte die Wahrheit und ... die habe ich bekommen!«, flüsterte ich. Er lächelte mich an und sein Lächeln war ehrlich. »Wenn du das weißt und es akzeptierst, dann kann es nicht schaden, wenn du auch den Rest der Geschichte kennst.«, sagte er so, dass Chez ihn auch hören konnte. »Hä? Du willst der Schnepfe noch mehr Beweismaterial liefern? Bist du verrückt?«, schnauzte er Makel an. »Sie will mich nicht verraten!«, verteidigte Makel mich. Chez schnaufte. »Es ist dein Hals!«, spottete er.

»Doris führte mich einen Waldweg entlang. Ich erkannte nicht, dass sie mich zur Grotte brachte, weil sie einen großen Umweg ging. Plötzlich hielt sie an und ich erkannte den Eingang der Grotte. Sie packte mich am Arm. Es war ein fast schon übermenschlicher Griff ... Sie zog mich hinein. Da war das Wasser und sie sagte: ›Spring doch, oder hast du Angst, dass etwas passiert? Keine Sorge! Selbst wenn, es würde nur kurz wehtun.‹, zischte sie mich an. Das Wasser machte mir total Angst ... Irgendwie ... ›Aber wir sollen nicht in die Grotte gehen und unter keinen Umständen das Wasser berühren ...‹, flüsterte ich. ›Du wirst jetzt da reingehen!‹, schrie Doris. Sie packte mich und versuchte mich hineinzustoßen. Ich klammerte mich an ihr fest und hatte plötzlich richtigen Bammel. Plötzlich sprang Doris. Ich ließ sie hastig los, doch es war zu spät. Wir waren beide im Wasser. Dann wurde Doris plötzlich zu einer riesigen Giftschlange mit riesigen Giftzähnen ...

Irgendetwas zog an mir und drückte mich unter Wasser. Jeder meiner Versuche, an die Oberfläche zu kommen, brachte mich nur dazu, meinen Luftvorrat in meinen Lungen langsam, aber sicher aufzubrauchen. **›Einatmen, Makel! Luft anhalten gilt nicht!‹**, zischte die Schlange. Ich konnte die Luft nicht mehr anhalten. Lieber schnell sterben, als die Qual der vielen Brandblasen weiter zu ertragen ... Ich war total wütend und wünschte mir nur, dass Doris sich fühlen sollte, als würden tausend Würmer ihren Körper langsam zerreißen und auffressen, und da waren plötzlich Würmer und ich war irgendwie aus meinem Körper draußen und konnte die Würmer steuern und ... Sie ist abgehauen und ich habe die Würmer ihr hinterhergetrieben, nachdem sie meinen Körper aus dem Wasser geholt hatten. Ich wollte ihr hinterherschreien, dass sie mich getötet hatte, aber irgendwie klang das für mich falsch, denn ich lebte ja noch irgendwie, trotzdem war ich nah dran, tot zu sein und dann ... Na ja ... Den Rest kennst du besser als ich! Als ich mich dann duschen ging ... Es war gruselig! Plötzlich wurde meine ganze Haut dunkellila und ich hatte plötzlich Schwimmhäute und so ... Als ich das Wasser abtrocknete, wurde ich erst grün und dann langsam normal ... Ich wünschte, ich könnte mein altes Leben zurück haben: Es ist plötzlich alles viel lauter, heller und riecht intensiver! Das Schlimmste ist das Essen! Ich krieg Hunger auf Zeug, das ich früher nicht mal mit Gasmaske in meine Nähe gelassen hätte! Aber, was der Hunger anrichten kann, ist noch schlimmer!« Makel unterbrach seine Erzählungen und hob Chez' Ärmel. Die Blutspur war nicht mehr so frisch, aber es sah immer noch heftig aus ... Makel erschauderte und stand auf. Er lief ins Badezimmer. Ich stand auf und folgte ihm. Er hatte den Mund weit aufgerissen und begutachtete sein Gebiss im Spiegel. Es sah (fand ich) eigentlich ganz gewöhnlich aus ... »Sieht doch normal aus.«, sprach ich den Gedanken aus. »Ja ... Jetzt! Aber ... « Er seufzte.

Chez stand auf und ging zu einem kleinen Kühlschrank, in dem Getränke aufbewahrt wurden. Zu meinem Entsetzen holte er etwas von dem Stinkfisch hervor. Er trat schnell zurück, nachdem er es auf den Tisch gestellt hatte. Makel, neben mir, verkrampfte sich. Ich beobachtete ihn aufmerksam. Da machte er den Mund auf und ich hätte fast geschrien. Zähne, schlimmer als Messer. Sein Gebiss glich plötzlich dem eines Piranha, nur war sein Gebiss größer und die gerafften Reißzähne waren länger. Seine Augen starrten leer und ohne jeden Ausdruck auf den Fisch. Plötzlich machte er einen Satz nach vorne. Ich sah weg, während er den Fisch samt Gräten auffraß.

»Hat's gemundet?«, fragte Chez. Ich sah wieder hin. Der Teller war leer und Makels Gebiss wieder normal. Er ließ sich zu Boden sinken und griff sich an die Kehle. »Scheißdreck! An den Nachgeschmack werde ich mich wohl nie gewöhnen!«, krächzte er. »Hast du die Gräten einfach mit runtergeschluckt?«, fragte ich leicht angeekelt. Makel erstarrte. »Da waren Gräten drin?«, fragte er ängstlich. Chez nickte grinsend. Makel presste sich die Hand vor den Mund. »Das war widerlich! Eine einfache Erklärung hätte es auch getan!«, murmelte ich. »Find ich auch, aber Chez mag es, mich zu quälen! Deshalb hat er noch nicht einmal die Gräten entfernt, bevor er diesen bescheuerten Instinkt geweckt hat!«, schimpfte Makel und deutete anklagend auf Chez.

»Wo ihr schon beim Meckern seid! Die Praxis beinhaltet noch ein paar andere spannende Aspekte!«, gurrte Chez. »Wie meinen?«, fragte ich. Makel stöhnte gequält auf. »Vollpfosten!«, meinte er zu Chez, der sein breitestes Grinsen aufgesetzt hatte. »Na, als Makel mir erzählt hat, was er ist, wollte … konnte ich ihm nicht glauben, daher brauchten wir ein wenig Wasser und schon hatte ich meinen Beweis!«, erklärte er. Makel kniff den Mund zusammen. Ich sah ihm deutlich an, dass es ihm nicht behagte, was Chez da ankündigte. Ich sah wieder den Albtraum-Na'aim vor mir … »Ich will es nicht sehen!«, rief ich, kniff die Augen zusammen und bedeckte sie mit meinen Händen. »Spaßbremse!«, höhnte Chez. Ich hörte, wie er ins Badezimmer lief, den Wasserhahn an- und wieder abdrehte. Dann hörte ich, wie er zu Makel ging, der mittlerweile wohl aufgestanden war und nun versuchte, Chez auszuweichen. »Bitte, Chez! Das muss doch nicht sein!«, versuchte er immer wieder, Chez umzustimmen. Dann hörte ich das Plätschern von Wasser und Makels Protest erstarb. »Ich sag's ja! Vollpfosten!«, hörte ich Makels Stimme, aber er klang verändert. War da nicht ein leicht zischelnder Unterton in seiner Stimme? Ich konnte nicht anders! Langsam öffnete ich meine Augen und nahm die Hände vom Gesicht.

Und da stand er, mitten im Raum! Der Albtraum-Na'aim höchst persönlich!

Makel sah richtig gruselig aus … Er war immer noch Makel, klar! Hätte ich das aber nicht gewusst, wäre ich jetzt in Panik ausgebrochen.

Verfluchtes Unterbewusstsein!!!

Ich konnte nicht verhindern, einen Schritt zurückzutaumeln.

Makel rieb den nassen Striemen an seiner lilafarbenen Haut trocken und er wurde erst blau, dann grün und dann zogen sich die Schwimmhäute und zusätzlichen Flossen zurück und seine Haut wurde wieder normal. Er war wieder Makel und darüber war ich mehr als froh!

»Idiot!«, brummte Makel Chez an, als er wieder vollständig er selbst war. Er betrachtete noch einmal seine Finger, ob die Schwimmhäute auch wirklich vollständig verschwunden waren, und seufzte dann erleichtert. Ich rührte mich nicht vom Fleck. Wie erstarrt hatte ich meinen Blick auf Makel geheftet. Ich hätte bestimmt eine prima Salzsäule abgegeben!

»Tut mir echt leid, dass du das ansehen musstest … Manchmal vergesse ich, warum ich mit diesem Vollpfosten überhaupt befreundet bin, vor allem in letzter Zeit!«, wendete Makel seine Aufmerksamkeit wieder mir zu. Während er sprach, gestikulierte er ziemlich heftig und mir kam es so vor, dass er ziemlich wütend auf Chez war.

»E … es macht nichts … Es ist nur … Genauso … sah der Na'aim aus meinem Albtraum aus …«, gab ich zu. Makel sah total erschüttert aus und Chez, als würde er gleich den größten Lachanfall seines Lebens haben. »Du hattest einen Albtraum? Und da kam ich drin vor? Und du hast mich … *so* gesehen?«, fragte Makel dann mit weinerlicher Stimme. »War ich böse? Oder gemein? War es schlimm?«, fragte Makel dann nervös. »War es vielleicht kein Alb- sondern ein …« Chez unterbrach seine eigene Frage, um mit den Fingern ein Herz zu zeigen. »… -Traum? Hm?«

Jetzt hätte ich Chez liebend gern geohrfeigt, aber diese Aufgabe erledigte Makel für mich. Es tat einen donnernden Schlag und schon hatte Chez einen riesigen roten Striemen im Gesicht.

»Au! Man muss nicht gleich gewalttätig werden! Wenn du so weitermachst, Makel, dann glaub ich irgendwann doch, dass du ein Monster bist!«, meinte Chez mit traurigem Humor, als er sich die Wange hielt. »Manchmal bist du mehr als nur ein Vollpfosten, Chez!«, meinte Makel kein bisschen amüsiert. Ich sagte nichts.

»Wie habt ihr das denn geheim gehalten?«, fragte ich dann. Makel lachte kurz trocken auf. »Die Frage ist eher: Wie können wir es in Zukunft geheim halten? Die letzte Taktik hat schließlich nicht geklappt. Hätte sie geklappt, wärst du jetzt nicht hier! Aber ich bin froh, dass du da bist, weil du es verstehst ... Andere wären bestimmt schon zu Coach Julius oder einem anderen Lehrer gerannt!« Makels Bedankung plus Erklärung haspelte er sehr schnell herunter, als wollte er es schnell hinter sich bringen ...

Obwohl ich Chez ansah, dass er gerne mal wieder einen dummen Kommentar abgegeben hätte, hielt er den Mund und biss die Zähne fest zusammen, als müsse er wirklich stark an sich halten. Da war doch was im Busch ...

»Wie wollen wir es in Zukunft machen?«, fragte Chez. Ich wusste, dass es nicht das war, was er sagen wollte, aber es war immerhin sinnvoll. »Ich denke, bevor ich in den Speisesaal gehe, geht jemand vor und schaut sich um, ob dort vielleicht was von diesem Na'aim-Fraß steht. Wenn nein, komm ich. Wenn ja, bleib ich im Zimmer.« Makel stoppte seine Erläuterung und sah uns fragend an. Wir nickten auf seine unausgesprochene Frage.

»Wir sollten irgendwelche Wachen vor unserem Zimmer platzieren, dass wir genau wissen, wenn irgendjemand was weiß.«, schlug Chez vor. Ich schüttelte den Kopf. »Ich habe was Besseres! Ihr solltet wirklich vorsichtiger sein!«, sprach ich, während ich meine Kamera vom Regal holte. Makel und Chez sogen scharf die Luft ein. »Ihr solltet außerdem nicht mehr so offen darüber reden!«, schlug ich vor. »Oh, Scheiße, da war 'ne Überwachungskamera in unsrem Zimmer und wir ham's verpeilt, Makel!«, fluchte Chez. »Du hast alles gehört? Warum hast du dann noch den Kreis gemacht?«, fragte Makel. Ich zog die Schultern an und ging vorsichtig in die Rückzughaltung über. »Also ... Es war nicht ganz sicher, wer von euch der Na'aim ist, also habe ich anstatt Rumsitzen und Warten die Initiative ergriffen und Taten sprechen lassen!« Ich duckte mich nach meiner Erklärung, weil ich Angst hatte, dass einer der beiden etwas nach mir warf, und das hätte von beiden ziemlich schmerzlich werden können. Niemand warf etwas nach mir und ich entspannte mich langsam wieder.

»Das heißt, wer klug ist, hat die Antwort vor der Nase, bevor andere auch nur Verdacht geschöpft haben und das gibt uns einen Vorteil!«, sagte Makel dann. Er hatte meine Erklärung wohl als Tipp aufgefasst, also machte ich kein großes Trara, weil ich sonst vielleicht doch noch eine Vase gegen den Kopf geworfen bekam. Ich setzte nur mein breitestes Lächeln auf und nickte. »Ich dachte, vielleicht könnten wir die Kamera im Flur befestigen. Ich habe auch noch ein paar andere, die wir irgendwo fest machen können!«

Chez blickte plötzlich sehr bedrückt drein. »Tja, das war's dann mit dem tollen Plan von Chez, Wachen zu postieren ...«, seufzte er theatralisch. Makel zog die Augenbrauen hoch. »Du musst nicht gleich einen auf beleidigt machen, Chez! Du kannst trotzdem behilflich sein, außerdem ist das mit den Kameras sowieso viel praktischer ... Lyca? Du solltest jetzt besser in dein Zimmer gehen! Die anderen wachen auf.« Makel sah sehr konzentriert aus. Ich sah verdutzt, wie Makel schließlich aufstand. »Beeilung!«, zischte er und schob mich zur Tür. Als sie hinter mir zufiel, begann ich zu rennen. In meinem Zimmer packte ich dann alle meine Sachen zusammen und rüstete mich für den kommenden Tag.

»Ich muss zum Bedauern dieser Schule bekannt geben, dass einer von euch ein Monster ist! Aber nicht irgendein Monster, sondern das gefährlichste und gemeinste Monster, das die Welt je erblicken durfte! Einer von euch ist ein oder eine Na'aim!« Unruhe brach unter allen Schülern aus, als Coach Julius endete. Na toll! Mein Frühstück schmeckte mir plötzlich überhaupt nicht mehr ... Am Ende des Tisches sah ich, wie Makel immer kleiner und kleiner zu werden schien und Chez begann sich immer hektischer umzusehen, während die beiden ohne sich anzusehen miteinander redeten.

»Ruhe!«, unterbrach Coach Julius das Gemurmel und Getuschel. »Wir wissen nicht, wer es ist, aber es gibt mehr als deutliche Anzeichen! Eins ist aber sicher! Der oder die Na'aim befindet sich genau jetzt in diesem Augenblick unter uns! Er oder sie ist also gewarnt, aber eins will ich sagen, wir werden die Identität dieses oder dieser Na'aim herausfinden und ihn oder sie eliminieren!«

Makel lief grün an. Ihm war eindeutig sehr, sehr schlecht, und zwar zu Recht!

»Jeder Blitzauge sucht einzeln nach dem oder der Na'aim, denn schließlich könnte es auch euer Zimmerkollege oder eure Zimmerkollegin sein! Oder euer bester Freund oder eure beste Freundin! Genauso könnte es euer Sitznachbar oder eure Sitznachbarin sein! Daher wird jetzt ein neues Fach eingeführt: N'A! Lernt alles über dieses Monster! Lernt alle Taktiken, es aufzufinden und zu zerstören! Vielleicht habt ihr es noch nicht gemerkt, aber einige eurer Mitschüler sind schon auf Na'aim-Jagd! Eins kann ich euch sagen! Die Bibliothek kann alle eure Probleme lösen! Jeder Schüler wird außerdem an einem Na'aim-Test teilnehmen, und ich verspreche euch: Schon bald haben wir das Monster!« Coach Julius stieß die Faust in die Luft und dröhnender Applaus folgte ihm. Mensch, war mir übel. Mein Blick glitt wieder zu Makel, der wohl kurz vor einem Zusammenbruch stand, weil Chez ihn stützte. Mit weit aufgerissenen Augen starrte Makel den böse in die Runde grinsenden Coach Julius an. Ich hatte eben jede Sympathie zu Coach Julius abgestreift. Es war nicht schwer für mich, mir vorzustellen, wie sich Makel und sein bester Freund gerade fühlten.

»N'A habt ihr immer, wenn ihr normalerweise KGM bei mir hättet!«

Also fiel Kampf gegen Monster aus und wir hatten Coach Julius in Na'aim ... Das wurde ja immer besser! Puh ...

»Oh, na toll ...«, keuchte ich, als mir einfiel, dass meine erste Stunde heute ja eigentlich KGM gewesen wäre.

»Heute Abend könnt ihr alle so laut Musik hören, wie ihr wollt! Na'aim haben ein sehr empfindliches Gehör und daher ist jeder, der euch anfleht, ihr sollt die Musik leiser machen, verdächtig!«

Makel wurde mal wieder käsebleich. Das konnte ja heiter werden. »Diese Klasse wird nächste Woche auf Na'aim Aktivitäten geprüft.«

Ich konnte es schon hören, wie Makel die Luft scharf einzog. Nächste Woche war er also dran. Fast hätte ich sehr verdächtig geschluckt. Ich nahm all meinen Mut zusammen und meldete mich. »Ja,

Lyca?«, nahm Coach Julius mich dran. »Sind Sie schon einmal einem Na'aim begegnet?«, fragte ich. Coach Julius' Miene wurde fragend. »Natürlich! Wie gesagt: Der oder die Na'aim ist ein Schüler oder eine Schülerin und da ich alle Schüler und Schülerinnen kenne ...« Ich unterbrach Coach Julius. »So meinte ich das nicht! Ich meinte: Kannten Sie einen Na'aim, bei dem Sie schon wussten, dass es ein Na'aim war?«, fragte ich. Coach Julius schüttelte den Kopf, dann grinste er. »Der hätte nicht lange überlebt!« Makel wurde noch bleicher. »Aber vielleicht ist der oder die Na'aim nicht böse!«, versuchte ich es wieder. Coach Julius wurde ernst. »Monster bleibt Monster! Die Natur eines Monsters beruht immer auf Zerstörung und daher ist es unsere Aufgabe, sie zu zerstören!«

Makel war jetzt so bleich, dass es fast schon an ein Wunder grenzte, dass noch Blut in seinen Adern floss ...

Ich hielt den Mund, obwohl ich gerne noch ein wenig mit Coach Julius diskutiert hätte. Ich durfte Makel unter keinen Umständen verraten.

»Es zeugt von einem großen Herz, dass du denkst, Monster könnten auch so etwas wie eine Seele haben, aber Monster sind die irdischen Dämonen und daher müssen wir sie töten! Sie zum Teufel jagen, wo sie hingehören! Ist deine Frage damit beantwortet, Lyca?« Ich nickte knapp und biss mir auf die Unterlippe.

Makel neben mir atmete kaum wahrnehmbar aus. Hatte er etwa die ganze Zeit die Luft angehalten? Möglich wäre es ...

Die Stunde hatte viel zu lange gedauert. Eine Unendlichkeit, so schien es mir, hatte Coach Julius über die Stärken und die dazugehörigen Schwächen der Na'aim geredet. Außerdem waren seine Ausführungen, wie er den oder die Na'aim zur Strecke bringen würde, nicht besonders angenehm, vor allem nicht für den total überstrapazierten Makel, der nach der Stunde befreit aufseufzte.

Die restlichen Stunden verliefen ohne Vorfälle. Eine Klasse wurde heute schon geprüft und kein Na'aim identifiziert, danach war die Klasse plötzlich so kumpelig, dass mir bei ihrem Anblick fast übel wurde. In der letzten Stunde steckte mir Chez einen Zettel zwischen die Schulbücher. Ich entfaltete ihn vorsichtig.

Nach der Stunde: Treffen in unserem Zimmer! Betreff: Krise!!! Wir brauchen einen Plan, überleg dir schon mal was! Hoffentlich kriegt Julius nichts mit!
Von: C. und M.

Dann war die Stunde rum. Ich ließ mir Zeit, denn ich wollte unter keinen Umständen auffallen. Als ich vor der Tür stand, klopfte ich. Chez machte auf und zog mich rein. Schnell machte er die Tür wieder hinter uns zu.

»Hat jemand einen Plan?«, fragte ich, als wir uns auf dem Boden zu einem … Dreieck gesetzt hatten. Makel seufzte und ließ den Kopf hängen. »Es hat keinen Sinn … Ich muss abhauen! Wegrennen und hoffen, dass mich niemand findet!«

»Und du hast gesagt, ich sei der Vollpfosten! Das ist der bescheuertste Plan aller bescheuerten Pläne!«, schnaufte Chez. Makel seufzte traurig.

Ich kaute auf meiner Unterlippe rum, als mir die Idee kam. Ich öffnete den Mund, um es offiziell auszusprechen, aber die Idee blieb mir im Hals stecken. Wie waren Coach Julius und Konsorten eigentlich darauf gekommen, dass sich ein Na'aim unter den Schülern befindet? Als Doris weg war, begann der Na'aim-Spuk doch gerade erst und daher war die Idee bescheuert, ihnen zu zeigen, dass Doris eine Na'aim war. Dann jagten sie eben zwei Na'aim! Und wer auf Doris kam, der kam auf Grotte und last but not least auf Makel! Bescheuerter Plan!

»Wieso wissen sie eigentlich, dass sich ein Na'aim an der Schule aufhält?«, fragte ich schließlich. Makel und Chez sahen sich kurz an. »Der Fisch!«, stöhnte Makel plötzlich mit großen Augen. Chez' Augen weiteten sich ebenfalls. »Stimmt! Ihnen muss bestimmt aufgefallen sein, dass es im Müll nicht mehr so stank! Dann haben sie nachgesehen und festgestellt, dass der Stinkfisch fehlt!« Makel erschauderte. »Du hast den Fisch aus dem Müll?«, fragte er. Chez grinste verlegen. »Du hättest den Unterschied eh nicht gemerkt!« Makel erschauderte noch einmal heftig.

»Da nur der Fisch gefehlt hat, haben sie auch gewusst, dass die Müllabfuhr es nicht geholt haben konnte!«, beendete ich die Erklärung. Chez war wirklich unüberlegt gewesen, als er den Fisch geholt hatte.

»Vielleicht können wir sagen, dass irgendein Tier den Fisch gestohlen hat! Ein Waschbär vielleicht?« »Du spinnst doch, Chez! Sogar ein Waschbär hätte einen großen Bogen um den Fisch gemacht!« Ich stockte kurz und schaute entschuldigend zu Makel. Der wehrte mit einer Handbewegung ab. »Ich weiß! Du kannst ja nichts dafür ... Stimmt ja!« Er seufzte. »Die einzige Alternative ist abhauen!«

»Kommt gar nicht in die Tüte!«, meckerte Chez. Er konnte manchmal schon eine richtige Nervensäge sein ...

»Es ist die einzige Möglichkeit, Chez!«, sagte Makel verzweifelt. Chez seufzte. »Wir brauchen einen Plan, wie wir es schaffen, dich hier rauszukriegen!«, beschloss ich und Chez und Makel nickten niedergeschlagen. Plötzlich hellte sich Chez' Miene auf. »Ich komme mit!«, verkündete er fröhlich. »Unter keinen Umständen! Zu gefährlich!«, schrie Makel. Chez begann zu schmollen.

»Ich habe eine Idee!«, mischte ich mich ein. Makel sah mich erwartungsvoll an. »Makel, wir bringen dich zu diesem Kisten-Zeug! Da sind doch auch Kisten, die so groß sind, dass du locker reinpasst! Dann verschicken wir dich einfach. Wir packen dir noch Essen und Trinken mit ein und dann kannst du weit weg reisen. Wenn du da bist, reist du per Fuß weiter und suchst andere Fortbewegungsmittel, in Ordnung?« Makel nickte, Chez schüttelte den Kopf. »Das ist der doofste Plan, den ich ...«, begann Chez. »Es ist der einzige Plan, den wir haben, und somit auch der beste!«, unterbrach Makel seinen besten Freund. Ich nickte. »Wir sollten es so bald machen wie möglich, schließlich könnten sie den Na'aim-Test für unsere Klasse vorziehen oder du schon früher auffliegen! Die nächste Ladung geht schon heute in einer Stunde raus, also worauf warten wir?«, fragte ich. Makel nickte. »Ich sollte gehen!«

Chez war nicht mitgekommen. Er hatte sich im Zimmer von Makel verabschiedet. Die Tür war nicht verschlossen. Ich öffnete die Tür und wir huschten hinein. Ich suchte ein geeignetes Paket und als ich es gefunden hatte, stellte ich es vor Makel auf den Boden. Makel hielt eine große Schüssel mit Essen und eine Packung mit Wasserflaschen in den Armen. Ich klebte den Aufkleber mit der Adresse von Chez' Onkel auf das Paket und dann kletterte Makel hinein. Ich wollte gerade das Paket verschließen, als jemand die Türklinke herunterdrückte. Ich hatte keine Zeit, mich zu verstecken, also drückte ich den Verschluss von Makels Paket zu, nahm mir ein möglichst kleines Päckchen mit Aufkleber und schwerem Inhalt und tat so, als wollte ich es gerade abstellen.

Ein total aufgelöster Coach Julius stolperte in den Raum. »Lyca? Was machst du denn hier?«, fragte er perplex. »Ich ... äh ... habe etwas per Internet bestellt und es hat nicht funktioniert, also schicke ich es zurück!« Er nickte bedächtig. »Verständlich ... «, murmelte er. Hinter ihm erschien plötzlich ein riesiger Hund, der an einem der stinkenden Fische roch und dann schnurstracks in Richtung Makel lief.

Plötzlich blieb der Hund stehen und drehte sich wie wild im Kreis. Er winselte und zog den Schwanz ein, dann kippte der Hund zur Seite um. »Brutus! Brutus? Er schläft? Warum ist er eingeschlafen!« Coach Julius beugte sich ängstlich über den Hund. Das war echt merkwürdig ... Wie hatte Makel das gemacht?

»Lyca? Es tut mir leid, aber wir vermuten, der oder die Na'aim will sich per Paket verschicken, um zu entkommen, daher müssen wir alle Pakete öffnen und nachsehen ... Passt du so lange auf, bis ich Brutus weggebracht habe?« Ich nickte und Coach Julius verließ eilig den Raum, Brutus im Arm. Schnell riss ich das Paket mit Makel auf. Er hatte sich ganz hinten in die Ecke gekauert. »Plan gescheitert ... «, wimmerte er. Ich nickte. »Nimm das Paket und klettere zum Fenster raus. Wenn Brutus aufwacht, wird er genau wissen, dass du in dem Paket warst und dann sehen sie die Adresse von Chez' Onkel und dann braucht es nicht besonders viel Fantasie, um auf den Rest zu kommen ... « Er nickte auf meine Schlussfolgerung hin und beeilte sich, aus dem Paket und dann aus dem Fenster zu klettern. Ich reichte ihm den leeren Karton hinterher.

Coach Julius kam schon bald zurück. »Brutus ist im Koma ... Kurt meint, er habe zu viel Na'aim-Fährte aufgenommen. Der oder die Na'aim muss also mindestens hier überall langgelaufen sein ... Eine Hundenase erträgt den Geruch nicht auf Dauer und ist in diesem Fall also nicht sehr nützlich. Danke, dass du aufgepasst hast!« Er endete und bat mich mit einer Handbewegung, ich solle gehen. Ich nickte und ging. Meine Beine waren noch immer ganz wackelig ...

Als ich zu Chez und Makel ins Zimmer kam, wurde ich bereits erwartet. »Ich habe gesagt, dass es eine dumme Idee ist, aber ihr habt ja nicht gehört!«, schimpfte er, sobald ich die Tür geschlossen hatte. Ich sah schuldbewusst auf den Boden. »Ich habe das Paket in die Grotte geworfen ... Es ist sofort in Flammen aufgegangen und dann als Asche in den Strudel gesogen worden. Pappe und Papier reagiert also mehr als empfindlich auf das Wasser der Grotte!«, versuchte Makel das Thema zu wechseln. Chez seufzte. Wenn Makel nicht über das Thema »versagen« reden wollte, dann konnte auch Chez nichts machen, das wusste ich.

»Wegrennen ist auch mehr als dumm, da dich die Scharfschützen sofort erspähen würden, und die haben keine Spielbogen oder -pistolen!«, erläuterte Chez. Wie also konnte Makel abhauen?

»Wir sollten versuchen, dass du den Instinkt überspielen kannst! Was steht im Buch?« Chez holte sein Schulbuch hervor und schlug das mir schon bekannte Kapitel auf.

»Da haben wir's ja!
- Sie lieben Fisch
- Sie hassen Sauerkraut
- Sie mögen rohe Eier
- Pfefferminz-Bonbons löst bei ihnen Brechreiz aus
- Sie verabscheuen Glitzerndes

– Sie sind sehr empfindlich gegen:
– Licht
– Geräusche
– Gerüche

Hui, hui, hui! Kein Sauerkraut und kein Pfefferminz? Ein wenig Glitter gefällig? Rohe Eier? Uäää! Das mit dem Licht, den Geräuschen und den Gerüchen wissen wir ja schon ... Das mit dem Fisch auch ... Alles klar! Was das Licht angeht, weiß ich jetzt keine Lösung, aber was Geräusche und Gerüche angeht ... Wie wärs mit Ohrstöpseln? Ein wenig Watte in die Nase gestopft und ta ta! Weder riechst du den Fisch, das Sauerkraut, die rohen Eier, die Pfefferminz-Bonbons noch andere Gerüche, nur genug Sauerstoff bekommst du dadurch allemal! Glitter mögen Jungs sowieso nicht. Bleibt nur noch das Licht ...« Chez hatte wohl in der Zeit, wo wir weg waren, sehr gründlich das Buch durchsucht. Er holte Watte und durchsichtige Ohrstöpsel aus einem kleinen Fach am Schreibtisch. »Keine Sorge! Du hast so ein gutes Gehör, dass du so viel hörst wie ein normaler Blitzauge!« Er hielt Makel die Sachen hin. Der stopfte sich die Ohrstöpsel in die Ohren. Wenn man nicht wusste, dass sie da waren, sah man sie auch gar nicht. Vorsichtig stopfte er sich die Watte in die Nase. Das sah man nicht, auch wenn man wusste, dass es da war. Makel zog die Nase kraus. »Man siehts nicht!«, meinte Makel erfreut. »Das ist plötzlich alles so leise ... Hört ihr echt so wenig?« Makel wirkte irgendwie sehr verstört. Dann zuckte er mit den Schultern. »Auf jeden Fall klappt es!«, meinte Makel dann. Chez nickte mit breitem Grinsen. »Du solltest dich also von Fisch fernhalten und nicht von Sauerkraut und Pfefferminz-Bonbons abrücken ... Essen solltest du es am besten nicht, aber so wird dir wenigstens nicht übel, wenn du in der Nähe dieser Dinge bist ...«

Chez nickte und setzte ein noch breiteres Grinsen auf. »So simpel und genial, dass es jetzt sogar Lyca verstanden hat!«, meinte Chez hochmütig. Ich zog einen Flunsch. »Gemeinheit!«

Kapitel 4

Essen fiel mir wieder leichter. Makel hatte es geschafft, einen riesigen Bogen um den Fisch zu machen und ganz nah am Sauerkraut vorbeizulaufen. Viele Mitschüler hatten es genau andersrum gemacht. Sie alle wollten sehen, ob sie vielleicht der oder die Na'aim waren. Sogar Natalie!!! Fast hätte ich gelacht.

Plötzlich setzte sich eine neue Blitzauge neben mich. Sie hatte sich einen Fisch auf den Teller gebettet. »Oh, bääah!«, machte ich möglichst leise, aber wie so oft hatte das nichts gebracht. Das Mädchen hatte mich gehört. »Ich finde es gar nicht so eklig! Als ich noch bei meiner Familie gelebt habe, haben wir jeden zweiten Abend Fisch gegessen!«, meinte das Mädchen und hob trotzig das Kinn. Ich schluckte. »Vielleicht bin ich ja die Na'aim ...«, überlegte das Mädchen laut. »Das glaube ich dir nicht so ganz ...«, meinte ich. »Was? Das mit dem Fisch oder das mit dem Na'aim?« »Beides! Ich glaube kaum, dass du jeden zweiten Abend halb vergammelten Fisch gegessen hast und dabei keine Wäscheklammer auf der Nase getragen hast!« Das Mädchen schniefte verletzt und nahm die Wäscheklammer von der Nase. »Iiiih!«, keuchte sie sofort. Mit der Gabel wendete sie den Fisch leicht und grüne Schimmelspuren kamen zum Vorschein. Das Mädchen sprang schreiend auf und rannte aus dem Speisesaal. Ich nahm meinen Teller und mein Besteck und setzte mich in eine andere Ecke, wo kein stinkender Fisch stand. Genüsslich aß ich mein Sauerkraut. Hah! Das wäre ja gelacht, wenn ich mir von dem bisschen Gestank den Appetit verderben lassen würde!

Abends trafen wir uns wieder. Diesmal aber nicht in Makels und Chez' Zimmer und auch nicht in meinem. Wir trafen uns bei der Grotte. In N'A hatte Julius nämlich stolz berichtet, dass sie mit Hilfe einer Maschine und ein wenig Wasser aus der Grotte (einen 40-Liter-Tank voll) die DNS des oder der Na'aim aufspüren könnten. Die Maschine wurde gerade gebaut, natürlich bei der Grotte. Daher trafen wir uns hier, wir mussten die Maschine zerstören!

Wir nickten uns zu und betraten die Grotte. In dem Moment fiel eine Art Klappe nach unten und versperrte den Weg nach draußen. Erst jetzt merkte ich, dass Chez noch draußen war. Er stand wie gelähmt. Dann rannte er auf uns zu und prallte gegen die Scheibe. »Mist!«, schimpfte er. »Es ist eine Falle ...«, erkannte Makel. Wir sahen uns um. Es gab keine Maschine, nur eine Falle ...

»Ich hol euch hier raus!«, beschloss Chez und dann rannte er weg. »Na toll ...«, seufzte ich und ließ mich niedergeschlagen zu Boden sinken.

»Chez kommt bestimmt gleich und dann sind wir hier wieder draußen!«, versuchte Makel mich zu beruhigen, aber er sagte das mehr zu sich selbst als zu mir ... Er hatte also auch Angst ... Vielleicht sogar mehr als ich, was ja sehr verständlich war!

Ich biss die Zähne zusammen und stand auf. Ich ließ meinen Blick über das Wasser schweifen. Es sah gar nicht wie dieses komische Geblubber aus ... Es war wunderschön! Ich setzte mich in die Nähe des Wassers und betrachtete es genau. »Ich wünschte, ich könnte darin schwimmen ...«, murmelte ich träumerisch. Mein Blick huschte über die glänzende Wasseroberfläche, die so klar und doch undurchsichtig wie ein Spiegel war. Umrahmt wurde die Fläche von blubbernden Staubwirbeln, die immer wieder nach unten gedrückt wurden. Nur am Rande bemerkte ich, dass Makel sich neben mich setzte. Erst als sich kleine Unebenheiten in dem Spiegel bewegten, drehte ich meinen Kopf.

Makel ließ die Beine ins Wasser hängen. Komisch war, dass er sich überhaupt nicht verändert hatte. Ich musterte ihn genauer.

»Warum hast du dich nicht verändert?«, fragte ich ihn verwirrt. Er betrachtete interessiert seine Füße. Schließlich ließ er sich ganz ins Wasser gleiten. »Aber ich habe mich verändert, siehst du?« Makel hob eine Hand aus dem Wasser. Ich hob eine Augenbraue. »Sieh genauer hin!«, forderte er mich auf. Ich beugte mich so weit es ging zu ihm und betrachtete die Hand. Meine Augen weiteten sich fasziniert und ich sog die Luft zischelnd ein. Über seine Haut zog sich ein Netz aus Schuppen. Sie sahen fast hautfarben aus und daher hatte ich sie erst nicht bemerkt, aber sie waren etwas heller und schimmerten an den Rändern perlmuttfarben.

Langsam erinnerte ich mich an die Worte aus dem Schulbuch ... Nur ohne oder mit jedem Element sieht man ihre wahre Gestalt. Also war Makels Gestalt nicht die eines Monsters! Er hatte einfach nur Schuppen. Was mich an irgendwas erinnerte ... Nur an was?

»Was ist?«, fragte er. Ich schüttelte meine Gedanken ab und setzte mein strahlendes, misslungenes Lächeln auf. »Überhaupt nichts!«

Er zog eine Schnute. »Vertraust du mir nicht?«, fragte er wehmütig. Das hätte ich nie erwartet, aber Makel war der geborene Schauspieler! Ich bekam plötzlich richtige Schuldgefühle. »Na ja ... es ist nur ... das ist deine wahre Gestalt und ... das erinnert mich an irgendwas ... Ich weiß aber nicht, an was!« Ich war auf einmal so verzweifelt, dass ich den Kopf in den Händen vergrub und anfing zu weinen. Das schockierte mich selbst auch ein wenig.

»Hey ... Hör auf zu weinen. Ich dachte, du bist nicht so melodramatisch!«

Ich schaute auf und wischte mir die Tränen aus dem Gesicht. »Weißt du überhaupt, was melodramatisch heißt?«, fragte ich ihn. Makel zuckte mit den Schultern. »Nicht wirklich, aber mit Fachausdrücken durch die Gegend zu schmeißen und die Bedeutung nicht zu wissen, ist immer noch besser, als nicht mit ihnen zu schmeißen und die Bedeutung nie eingeprügelt zu bekommen! Also, was bedeutet es?«

Ich zuckte die Schultern. »Keine Ahnung!«, gestand ich und rappelte mich auf. Weinen und schnell aufstehen war noch nie eine gute Idee. Grund: Kreislaufprobleme. Mir wurde schwummrig und ich schwankte. Ich schloss die Augen halb und setzte einen Fuß nach vorn und dann fiel ich. Mit einem lauten Platschen, das mir schrecklich in den Ohren hallte, landete ich auf dem Spiegelwasser und versank sofort darin. Ich konnte mich nicht bewegen. Ich hatte nicht genügend Luft in den Lungen und diese Kopfschmerzen. Zittrig öffnete ich den

Mund. Ich schmeckte die Luftbläschen auf meiner Zunge und fühlte die Brandblasen, die sich rasend auf meinem Körper verteilten. In dem Moment wurde ich nach oben gerissen. Nach nur ein paar Millisekunden hatte Makel mich aus dem Wasser gehoben. Ich lag auf dem steinernen Boden und mein Kopf lag auf Makels Knien. Er strich mir vorsichtig das Haar aus dem Gesicht, während ich immer wieder zittrig Luft holte. Wie lange war ich unten gewesen? Bestimmt nicht mehr als drei Sekunden ... Trotzdem fühlte ich mich mit einem Mal elender, als Makel damals ausgesehen hatte, als ich ihn hier gefunden hatte.

Flatternd öffnete ich die Lider und sah direkt in Makels besorgtes Gesicht. Meine Kehle fühlte sich kratzig an. Ich brachte keinen Ton heraus. Konnte nur starren. Ich konnte mich ebenfalls nicht bewegen, nur meine Lippen bebten jedes Mal, wenn ich ausatmete.

»Ein Glück!«, hauchte Makel nach ein paar Minuten. Er hatte wohl endlich ein paar Worte gefunden. »Ich habe dich wohl noch rechtzeitig aus dem Wasser geholt ... Geht es dir gut?« Ich rührte mich nicht. Ich konnte mich nicht rühren. »Einmal zwinkern für Ja, zweimal zwinkern für Nein!«, sagte er. Vorsichtig blinzelte ich zweimal. Er biss sich auf die Unterlippe. »Sorry, dass ich nicht schneller bei dir war!«, entschuldigte er sich. Ich blinzelte zweimal. »Was ist?«, fragte er. Ich öffnete den Mund. Ganz vorsichtig ... Es tat mir alles weh! Nie hat mir etwas so sehr wehgetan! »Nicht ... deine ... Schuld ...«, flüsterte ich mühsam röchelnd. Ihm stiegen Tränen in die Augen. Warum?

Plötzlich drückte er mich fest an sich. »Es tut mir trotzdem so leid ...«, flüsterte er mir ins Ohr. Ich bewegte langsam meinen Arm. Er wollte mich loslassen und zurückweichen, doch das wollte ich nicht! Ich legte den Arm um seine Schultern und hielt ihn so gut es ging fest. Er lächelte traurig. »Nicht ... deine ... Schuld ... Ohne dich ... wäre ... ich jetzt ... tot ...« Ich wusste, dass er, wenn er wollte, sich jeder Zeit aus meinem Arm lösen konnte. Ich war einfach zu schwach!

»Und doch fühle ich mich schuldig ...«, flüsterte er wieder. Er beugte sich wieder zu mir herunter. So nah wie vorher war er jetzt schon, doch er kam noch näher ... Was wollte er? Was passierte da gerade? Es fühlte sich plötzlich an, als würde mein Herz in Flammen aufgehen oder mir aus der Brust hüpfen und dann ... küsste er mich auf den Mund. Ich merkte, dass er bereit war, jederzeit aufzuhören. Um meinetwillen, doch zu meiner eigenen Überraschung wollte ich das gar nicht! Es fiel mir leichter, mich zu bewegen. Es war, als erwache ich aus einer Betäubung. Es war einfach, den zweiten Arm um ihn zu legen, die Augen zu schließen und den Mund ein kleines bisschen weiter zu öffnen. Eine Seite, die mir bisher nicht bekannt war, leuchtete vor meinem inneren Auge auf.

Plötzlich wusste ich, wieso mein Unterbewusstsein so viel über Makel wusste! Wieso ich bei dem Anblick eines leidenden Makel weinen musste ... Mein Traum ... der Engel ... Makel war mein Engel! Das wurde mir jetzt klar. Ich liebte ihn! Schon die ganze Zeit! Ich wollte es wahrscheinlich bloß nicht wahr haben ... Doch jetzt ... jetzt kannte ich mein eigenes Geheimnis. Meine Gefühle wurden offener und ich erkannte ... Makel war auch der Schlüssel zu meinem Herzen!

Ich hob den Kopf und schlang die Arme fester um ihn. Ich wollte ihn nicht wieder loslassen, aber ich wusste, dass ich es musste. Zu viele Gefühle, die ich vor mir selbst geheim gehalten hatte ... Ich war verwirrt und erschöpft ... Ich war erledigt, aber Makel war voll in seinem ... Element und es war ein Leichtes für ihn, noch während unseres Kusses meine Arme von seinem Rücken zu lösen und dann ganz langsam den Kuss zu beenden, um die magische Atmosphäre nicht zu zerstören. »Ich wusste nicht, wie ich es dir sagen sollte, und ich wusste auch nicht, wie du reagieren würdest, aber ich liebe dich, Lyca, und ...« Er lächelte plötzlich sehr breit. »Daher tut es mir leid, dich leiden zu sehen! Ich könnte dir jeden Fehler vergeben, nur mir nicht, wenn ich dir nicht rechtzeitig helfen könnte!« Sein Lächeln wurde schief und eine Träne rollte über seine Wange. Mir kamen ebenfalls die Tränen ... Die Freudentränen!

»Makel? Ich habe gerade etwas herausgefunden ... Erstens: Dein Kuss hat mich fast wieder aufgeladen. Zweitens: Ich glaube, ich liebe dich auch, und drittens: ... Darf ich noch einen Kuss haben? Reden ist so anstrengend!«

Makel lachte freudig auf und dann fanden unsere Lippen sich ein weiteres Mal. Diese romantische Seite kannte ich wirklich nicht von mir! Ich hatte auch nie geglaubt, dass ich meinen ersten (wenn überhaupt einen) Kuss von Makel bekommen würde, doch hier lag ich und war gerade sogar in meinen zweiten Kuss mit Makel vertieft! Ich konnte das Gefühl nicht beschreiben ... Es war zu überwältigend, doch ich liebte es auch ohne Worte!

Wir saßen im Dunkel, mit dem Rücken an die Wand gelehnt, und erzählten uns Geschichten aus unserer Vergangenheit ... Ich wusste nicht, dass ich wirklich so mädchenhaft sein konnte, aber ich sprach auch sehr oft von meinen Gefühlen ... Vor allem über die für ihn! Makel hörte aufmerksam zu und wenn ich geendet hatte, erzählte er zu meinem Erstaunen immer eine ähnliche Geschichte. Wir hatten mehr gemeinsam, als ich je in meinem Leben vermutet hatte ... Wir waren ja fast schon so was wie Seelenverwandte! Das wäre eigentlich gar nicht so unlogisch ...

»Ich muss aber wirklich fliehen ... Jetzt habe ich aber noch mehr, was ich zurücklasse!«, begann er plötzlich wieder. Ich schüttelte entschlossen den Kopf. »Es tut mir leid, Makel, doch jetzt stimme ich Chez in diesem Punkt voll und ganz zu! Wir werden mitkommen! Hier ist es auch zu gefährlich für uns! Wenn sie wissen, dass du der Na'aim bist, dann wird es nicht lange dauern, bis sie herausfinden, wer deine Komplizen sind, und zack! Wer sitzt dann in der Falle?«

Es war komisch mit mir. Wenn ich mir etwas in den Kopf gesetzt hatte, dann fand ich immer eine passende Begründung!

Er seufzte wieder. »Du hast ja recht ...«, murmelte er. Ich grinste ihn an und drückte ihm einen kurzen Kuss auf die Wange. Er begann wehmütig zu lächeln.

Ein plötzlicher Krach war von draußen zu hören. Wir sprangen schnell auf und rannten zu der Klappe der Falle. Erschrocken stellte ich fest, dass schon die ersten Sonnenstrahlen über den Weg tanzten. Wir hielten uns im Schatten und beobachteten die Gestalt, die sich an der Klappe zu schaffen machte.

»Hey! Pssst! Makel, Lyca! Ich bin's! Ich krieg das Ding schon auf!

Kommt doch her! Hey, Leute! Helft mir bitte! Ich bin's, Chez!« Sobald wir Chez' Gesicht erkannten, rannten wir zur Klappe, um ihm zu helfen. »Da seid ihr ja! Sorry, dass es so lang gedauert hat … Den Schlüssel zu klauen war nicht gerade leicht, aber jetzt klemmt das blöde Teil!«

Wir zogen und zerrten an der Klappe. Es tat sich nichts. Keuchend ließen wir uns zu Boden sinken. Plötzlich kam mir eine Idee. »Warum bin ich nicht eher darauf gekommen?«, beschwerte ich mich jetzt laut über mich selbst. »Wir können doch das Wasser verwenden!«, rief ich. Makels Gesicht hellte sich auf. Er rannte zurück. Er hielt ein paar große matschige Klumpen in der Hand, die er auf der Klappe verteilte. Die Säure begann sofort ihre Wirkung zu zeigen und ätzte ein mannshohes Loch in die Klappe.

»Das hatte ich eigentlich nicht gemeint …«, murmelte ich. Makel drehte sich verwirrt zu mir um. »Nicht? Was hast du sonst gemeint?«, fragte er benommen, schon einen Fuß nach draußen gesetzt. »Du bist doch stärker mit dem Zeug …«, murmelte ich. Makels Augen weiteten sich, als er verstand. Dann lächelte er. »So ist das aber viel entspannter!«, erklärte er. Dann kam er zurück zu mir und küsste mich auf den Mund.

Chez keuchte schockiert auf. »Was zum Teufel ist alles in meiner Abwesenheit passiert!«, schrie er frustriert. Ich kicherte belustigt und Makel setzte ein breites Grinsen auf. Völlig ungeniert legte er einen Arm um meine Taille und führte mich nach draußen. »Die Einzelheiten willst du gar nicht wissen!«, erklärte ich ihm mit einem Zwinkern.

Makel zog mich näher an sich und strich mir eine Strähne aus dem Gesicht. »Aber sie ist auf jeden Fall eine bessere Zuhörerin und Erzählerin als du, Chez!«, gab Makel seinem besten Freund zu bedenken. »Ich krieg gleich einen Herzinfarkt! Ihr habt euch gegen mich verschworen, gebt's zu!« Chez war total aufgelöst. »Seid ihr jetzt etwa zusammen, oder was ist los?«

Komischerweise war mir das kein bisschen peinlich. Ich legte die Hände auf Makels Brust. Er war ein winziges bisschen größer als ich und so konnte ich ganz traditionell einen anhimmelnden Blick nach oben auf ihn richten. Er warf den Blick perfekt gespiegelt zurück.

»Könnte man so sagen …«, murmelte ich die Antwort auf Chez' Frage und Makel beugte sich noch einmal zu mir herunter.

»Aufhören! Schon vergessen? Wir müssen hier weg! Ihr könnt später weiterschmusen und -schmatzen, ihr Turteltauben!«, unterbrach Chez die Romantik.

Obwohl ich viel lieber mit Schmusen und Schmatzen weitergemacht hätte, war ich doch sehr froh, als ich wieder in meinem Zimmer war. Ich musste am nächsten Tag in die Schulstunden! Keine Ausreden! Wenn ich mich zu müde verhielt, würde ich sicher auffliegen, und das hieß: Die nächsten drei Stunden ein wenig schlafen …

Schade, dass Chez es geschafft hatte, Makel zu überreden, in seinem normalen Bett zu schlafen … Ich hätte sehr gerne noch ein wenig Zeit mit ihm verbracht …

Ich wurde geweckt. Aber nicht von meinem Wecker und es war auch noch nicht sieben … Ich wurde wachgerüttelt, und zwar von Chez.

»Mmmm … Chez? Wasisdennlos?«, murmelte ich mit nur halb offenen Lidern.

»Es ist etwas Schreckliches passiert! Lyca! Es geht um Makel!« Sofort war ich hellwach. Chez' Blick war ängstlich. Was war passiert?

»Was ist passiert?«, fragte ich, als ich im Nachthemd neben ihm herrannte. Chez blieb vor der Zimmertür zu Makels und seinem Zimmer stehen. Er sah kurz nach rechts und links und öffnete die Tür. Hastig zerrte er mich rein und schloss die Tür. Ich erstarrte. Ein Kloß bildete sich in meinem Hals. Auf Makels Bett lag ein riesiger, länglicher, vor Licht pulsierender Ball, der mehr nach einem Wollknäuel aussah … »Chez … Wo ist Makel?«, fragte ich ängstlich. Chez schluckte. »Da drin!« Er deutete überflüssigerweise auf das Knäuel.

Ich heulte gequält auf. »Was ist passiert?«, heulte ich mit erstickter Stimme.

»Wir haben uns ein wenig unterhalten und dann … hat er plötzlich angefangen, mir zu erzählen, was in der Grotte passiert ist … Als er bei dem Kuss war … war da plötzlich so ein Licht um ihn herum. Seine

Haare sind gewachsen und gewachsen ... Er ist umgekippt, als hätte ihn ein Betäubungspfeil getroffen. Ich habe versucht, die Haare zu zerschneiden ... zu zerreißen ... Nutzlos!«

»Moment, Moment! Willst du sagen, dieses Knäuel besteht aus Makels Haaren?« Ich war verwirrt, doch Chez nickte heftig. »Ich denke allerdings, dass es mehr eine Art Kokon ist als ein Knäuel!«

»Meinst du diese Dinger, in die Raupen sich ... verpuppen, um Schmetterlinge zu werden?«, fragte ich verwirrt und ängstlich. Wieder nickte Chez heftig. Dann schaute er traurig und auch ängstlich zu Boden. »Ich weiß nur nicht, was aus Makel wird ... Das ist ja das Schlimme! Ich weiß nicht, was hier passiert und erst mal weshalb das hier passiert!« Er stockte.

Ich konnte mich nicht mehr halten und rannte auf den ... Kokon zu. Ich umklammerte ihn, soweit es ging, und brach in Tränen aus. Was würde aus Makel werden? Würde ein Monster aus ihm werden? Würde er mich vergessen? Mich und unseren ... Kuss?

Makel ... ich will dich nicht verlieren!, flehte ich in Gedanken. **Ich dich auch nicht, Lyca!,** kam die unerwartete Antwort mit Makels Stimme. Ich stolperte erschrocken zurück und Chez fing mich im letzten Moment auf, was mir ehrlich gesagt ziemlich egal war.

»Makel?«, fragte ich flüsternd. **Ja, Lyca?,** kam wieder die Antwort. »Ich kann dich hören ...«, flüsterte ich zitternd. »Du kannst was?«, brach es aus Chez hervor. **Sag ihm, er soll nicht so melodramatisch sein!,** sagte Makel. Fast wäre ich in Gelächter ausgebrochen. Er konnte uns also hören, aber nur ich konnte ihn hören.

Mühsam kam ich auf die Beine. »Du weißt doch gar nicht, was das heißt!«, sagte ich an Makel gewandt. **Ja eben! Vielleicht kennt er ja die Bedeutung! Wozu gibt es denn Fachausdrücke!** Wieder hätte ich fast gelacht.

Ich weiß leider kein Stück, was mit mir passiert und wieso! Kannst du das Chez ausrichten? Ich nickte. »Er weiß auch nicht, was mit ihm passiert oder wieso! Das soll ich dir ausrichten.«, wandte ich mich an Chez. Er schnaubte verächtlich. »Und wieso kannst du ihn hören und ich nicht?«

Sag ihm, das ist die Macht der Liebe ... Das wollte Chez schon immer mal aus dem Mund eines Mädchens hören! Ich zögerte kurz. »Das ist die ... Macht der Liebe? War das so richtig?« Makels schallendes Gedankenlachen und der errötende Chez waren der Beweis dafür, dass ich es sehr wohl richtig gemacht hatte.

»Also hörst du ihn wirklich ...«, meinte Chez mit verzogenem Mund. »Makel, hör auf, ihr so was zu erzählen!«, schimpfte er wütend.

Kannst du Chez ausrichten, dass er manchmal eine richtige Nervensäge ist? Es war doch nur ein kleiner Scherz!!! Fast hätte ich über die Frustration in seiner Stimme gelacht. »Chez, er sagt du bist eine Nervensäge und Spaßbremse!«, richtete ich aus. »Sorry, Makel ...«, presste Chez durch die zusammengebissenen Zähne hervor. **Das will ich auch hoffen, Vollpfosten!,** prustete Makel unter einem Gedanken-Lachanfall hervor. Ich schmunzelte.

»Wenn es also kein Problem mit diesem ... Verpuppungsding gibt, würde ich vorschlagen, dass wir uns jetzt einen Plan zurechtlegen ... Wo wollen wir Makel verstecken?« Chez war plötzlich todernst. Ich biss die Zähne zusammen. »Wir könnten ihn in meinem Kleiderschrank verstecken! Hier würde man ihn finden, doch bei mir? Ich bin auf keinen Fall auf der Liste der Verdächtigen und somit haben wir einen Vorteil!«, schlug ich vor. »Vielleicht ... Vorerst könnte es klappen, aber nicht auf Dauer! Wir müssen ihn verstecken, wo ihn niemand erwartet!«

Ich runzelte die Stirn.

Vergrabt mich!, schlug Makel vor. »Auf gar keinen Fall!«, schrie ich. »Was ist?«, fragte Chez überrascht. Ich biss mir auf die Lippe. »Das ist eine dumme Idee, Makel! Ich werde dich nicht vergraben!«, zischte ich wütend in Richtung Kokon. **Welche Möglichkeiten bleiben uns denn sonst!?!?** Makel klang wehmütig. »Vergraben?«, kam die Frage von Chez. Ich nickte. Chez' Augen weiteten sich. »Das ist perfekt! Niemand erwartet den Na'aim unter der Erde, es sei denn, es gäbe einen Tunnel! Wenn wir ihn auf dem Campus vergraben, dann werden sie es 0% erwarten!«

Du sagst es!, rief Makel auf Chez' Idee hin. »Aufhören! Das ist

Blödsinn! Er kriegt dann doch keine Luft!«, schrie ich und hielt mir die Ohren zu. Leider hörte ich Makel ja nicht mit meinen Ohren, sondern mit meinen Gedanken …

Gib es doch zu, Lyca! Du weißt, dass ich keine Luft in diesem Ding brauche! Ich würde sowieso keine Luft mit diesem … Kokon bekommen! Es ist ein wirklich perfekter Plan! »Hör auf, bitte!«, weinte ich.

Gemeinheit!, beschwerte ich mich immer wieder bei dem in Gedanken grinsenden Makel in meinem Kleiderschrank. Nur für den heutigen Tag … Heute Abend würden wir ihn vergraben … Wir waren zu dem Schluss gekommen, alle Aussagen zu verweigern. Makel hatte darauf bestanden. So war es zwar klar, wer der Na'aim war, doch Makel war der festen Meinung, dass es so sicherer für uns war …

»Weiß jemand von euch, wo Makel ist?«, fragte Coach Julius. Na toll … Unsere erste Stunde war ausgerechnet N'A!

»Ich weiß es nicht, Coach Julius! Er war heute Morgen plötzlich weg! Ich habe schon die halbe Schule nach ihm abgesucht … Keine Spur!« Chez schüttelte frustriert den Kopf. »Weiß wirklich niemand etwas?«, fragte Coach Julius sehr ernst. Wir drei schüttelten den Kopf.

Coach Julius holte schnell eine Art Mikrofon aus seiner Tasche. »An alle Schüler! Sofort in die Caféteria kommen! Sofort! An alle Schüler! Sofort in die Caféteria kommen!«, rief Coach Julius in das Mikrofon und schallte es aus den Lautsprechern.

Der kann vielleicht schreien! Er soll nicht so ein Drama machen!, beschwerte sich Makel. Wir hatten nämlich herausgefunden, dass Makels und meine telepathische Verbindung nicht nur fünf Meter reichte. Wie weit sie jetzt aber reichte, wussten wir nicht …

Wenn du dauernd solche Witze reißt, dann fang ich irgendwann wirklich an zu lachen! Dies ist wohl kaum ein passender Moment dafür!, beklagte ich mich. Makel lachte und ich musste mich echt am Riemen reißen!

Alle Schüler liefen in die Caféteria. Kuff kuff, Chez und ich liefen eilig hinter Coach Julius her, während dieser schnellen Schrittes die

Caféteria betrat. Alle Schüler formten einen Kreis um ihn. Kuff kuff, Chez und ich standen in der ersten Reihe.

»Ihr könnt euch wieder vertrauen! Jeder Nebenmann und Nebenfrau ist ein Verbündeter oder eine Verbündete! Der Verräter hat heute Morgen die Flucht angetreten! Die Identität des Na'aims ist gelüftet und die ist keineswegs angenehm! Sucht und findet ihn! Er kann nicht weit gekommen sein! Findet den Na'aim!«, rief Coach Julius und stieß die Faust in die Luft.

»Wer ist der Na'aim?«, rief jemand. Coach Julius sah traurig zu Boden, dann seufzte er. »Makel!« Sobald er das gesagt hatte, brach Tumult aus. Jemand schrie: »Unmöglich!« Jemand anderes schrie: »Stimmt, der hat sich letztens so komisch verhalten!« Und dann riefen alle durcheinander.

Wow! Selbst in meiner Abwesenheit sorge ich für gute Laune!, meinte Makel ironisch. Ich presste die Hand auf den Mund, was in dieser Situation glücklicherweise keine ungewöhnliche Reaktion war ... Glücklicherweise!

»RUHE!!!«, schrie Coach Julius. Der Lärm erstarb. »Ihr sucht jetzt in euren Klassen! Sucht überall! Wenn jemand etwas findet, dann informiert mich umgehend!« Wir nickten.

Kuff kuff, Chez und ich sollten zuerst bei der Grotte nachsehen ... Na prima!

Natalie steht vor deinem Zimmer ... Wenn du dich mal hinsetzt und genau zuhörst, kannst du vielleicht mithören!, meinte Makel plötzlich. »Uh! Ist mir vielleicht schwindelig!«, murmelte ich und ließ mich zu Boden sinken. »Was ist denn los?«, fragte Chez. »Kreislaufprobleme! Nur einen Moment ... Geht bestimmt gleich wieder ...«, murmelte ich. Chez lächelte ganz flüchtig, dann schloss er sich wieder Kuff kuff an.

»Hört zu ... Es kommt total unerwartet ... Makel ist zu schnuckelig, um der Na'aim zu sein! ... Selbst wenn er es jetzt ist: Lyca hat ein Geheimnis! Ich habe versucht, sie zu beobachten, aber ich habe sie immer irgendwie aus den Augen verloren ... Jetzt wo sie

beschäftigt ist!« Natalie stockte kurz und atmete einmal tief durch. »Was hast du vor, Natalie?«, mischte sich ein Mädchen aus ihrer Gang ein. »Ich werde jetzt in ihr Zimmer gehen und das Geheimnis lüften!«, schrie Natalie und legte die Hand auf den Türgriff. »Natalie! Die Zimmer zu durchsuchen ist verboten! Das dürfen nur die Lehrer, wenn sie einen Verdacht haben!«, mischte sich ein anderes Mädchen ein ... Natalie öffnete die Tür.

Lyca? Komm bitte schnell her! Wenn sie mich findet! Bitte beeil dich! Lass dir was einfallen!

Ich schrie gequält auf. »Was hast du denn?«, maulte Kuff kuff. »Kreislaufprobleme! Ich muss meine Tabletten nehmen, sonst kipp ich um ...« Ich verdrehte demonstrativ die Augen. »Wir begleiten dich kurz!«, beschloss Chez. Ich nickte wehmütig.

»Du nimmst Tabletten?«, fragte Kuff kuff verwirrt. »Ja, aber nur wenn es richtig schlimme Kreislaufprobleme sind ...«, nuschelte ich und stütze mich an der Wand ab, während ich die andere Hand gegen die Stirn presste.

Sie durchsucht gerade deinen Schreibtisch! Die sucht echt gezielt! Gleich ist sie beim Schrank!!!

»Oh!!! Mir ist so schlecht! Ich muss meine Tabletten bekommen! So schnell wie möglich ...«, ächzte ich und legte einen schlurfenden, taumelnden Gang zu. Chez stützte mich und Kuff kuff rannte neben uns her. Schnell! Schnell!, dachte ich. Wir stolperten aus dem Wald und passierten den Campus.

Lyca! Sie geht auf den Schrank zu!

Jetzt wurde mir wirklich und wahrhaftig schlecht. »Lyca! Du bist ganz grün!«, keuchte Kuff kuff.

Ich riss die Tür zu meinem Zimmer auf und war wie geschockt. Natalie hatte die Hand schon auf der Schrankklinke.

»Was machst du in meinem Zimmer!?!?«, fauchte ich Natalie an, wobei ich das Schwanken nicht vergaß. Jedes Mitglied von Natalies Gang quiekte erschrocken auf und versuchte sich irgendwo zu verstecken, während Natalie total schockiert herumwirbelte.

»Wie ... was ... aber ... aber, du solltest doch jetzt bei der Grotte sein!«, stotterte Natalie. »Ich muss meine Tabletten nehmen, du Schnüfflerin!«, schimpfte ich und ging zu meinem Regal, auf dem eine Packung Tabletten stand. Die hatte ich mir irgendwann einmal gekauft gehabt, falls ich sie benötigen sollte.

Ich nahm eine Tablette heraus und schluckte sie. **Du nimmst Tabletten?,** fragte mich Makel. **Eigentlich nicht! Nur im Notfall! Das war bisher der erste Notfall …,** sendete ich ihm.

»Was geht hier vor?«, schrie Coach Julius völlig empört, als er wie ein Sprinter ins Zimmer gerannt kam. »Ich wollte mir eine Tablette nehmen, da hab ich Natalie in meinem Zimmer schnüffeln gefunden!«, erklärte ich. Das war immerhin die Wahrheit. Ich hatte zwar das meiste und Bedeutendste weggelassen, aber es war immerhin die Wahrheit!

»Ich wollte … Ich habe … Ich dachte … Aber ich …« Natalie stammelte die Sätze verschnupft hervor und suchte nach einer Erklärung oder irgendeiner Möglichkeit, das Blatt zu wenden, aber es fiel ihr nichts ein. Coach Julius platzte fast vor Wut. »Natalie! Du enttäuschst mich und deine Zimmerkolleginnen auch! In mein Zimmer! Aber sofort!«

Als Coach Julius Chez und Kuff kuff sah, zog er eine Augenbraue hoch. »Könnt ihr Lycas Geschichte bestätigen?« Die zwei nickten knapp. Coach Julius scheuchte Natalie und ihre Gang aus meinem Zimmer und drehte sich noch einmal zu mir um. »Lyca, du bist für den Rest des Unterrichts befreit! Kuriere dich voll aus, damit du wieder deine üblichen Bestleistungen bringen kannst! Wir brauchen jeden fähigen Kämpfer im Kampf gegen das Böse!« Damit scheuchte er auch Chez und Kuff kuff aus meinem Zimmer und schloss die Tür hinter sich.

Ich seufzte erleichtert. **Puh! Das war knapp!,** pflichtete mir auch Makel bei. **Sag mal … was hat sie eigentlich gesucht?,** fragte Makel unvermittelt. Ich konnte mir schon sehr genau denken, was sie gesucht hatte. Ich weiß, was sie gesucht hat …, meinte ich deshalb. Makel sandte mir ein dickes Fragezeichen. Ich seufzte. **Mein Tagebuch!**

Natalie hatte einigen Schulflurgerüchten zufolge in ihrem Zimmer, das sie sich mit Kaliffa, Miriam und Lara teilte, ein ganzes Regal voller Tagebücher in verschiedenen Farben und Größen. Sie dachte also vermutlich, dass jeder mindestens ein Tagebuch haben müsse, vor allem Mädchen! Tja! Ätsch, Pustekuchen! Ich nicht!

Du schreibst Tagebuch?, fragte Makel. **Nein,** schickte ich ihm und er verstand.

Es war mitten in der Nacht … Schon wieder. Ich wurde davon geweckt, dass mir der Lichtstrahl von Chez' Taschenlampe auf das Gesicht fiel und Chez versuchte möglichst leise zu sein. »Pssssst!!! Lyca! Es ist ein Uhr! Mission: Makel verbuddeln! Schon vergessen?«

Ich gähnte herzhaft und rieb mir die Augen. Chez brauchte sich nicht anstrengen, lauter zu sein. Ich hörte ihn auch so ganz gut.

Bist du bereit, Makel?, fragte ich. **Lyca … ich … bin müde … Können wir das nicht auf morgen verschieben? Ich fühl mich, als wäre der halbe Kosmos auf meinen Schädel gekracht! Mmmm …** Ich blinzelte verwirrt. Was war denn bloß los mit Makel?

Wir sollten ihn auf jeden Fall möglichst schnell vergraben. Vorsichtig öffnete ich den Kleiderschrank. Meine Augen wurden größer. Der Kokon nahm fast den ganzen Kleiderschrank in Anspruch.

Chez half mir, Makel aus dem Schrank zu hieven. Zu zweit trugen wir ihn auf den Campus.

»Warte hier!«, flüsterte Chez mir zu und verschwand in der wabernden Finsternis. Die Nacht war nebelig und ich war schon ganz durchweicht. Meine Haare und mein Nachthemd klebten an mir wie Tesafilm, aber aus irgendeinem unerfindlichen Grund gefiel mir die kühle Atmosphäre der späten Tageszeit.

Ich hörte ein leises Brummen und Reifenquietschen. Erschrocken drehte ich mich um, als ein riesiger Bagger auf den Campus fuhr. In dem grünen Gehäuse saß ein sehr konzentrierter Chez. Er drückte ein paar Knöpfe und die riesige Baggerschaufel setzte sich in Bewegung. Mit nur einem Hieb in die Erde war ein Loch in der Erde, in das man locker einen doppelt so großen Kokon hätte legen können. Chez stieg aus. Gemeinsam packten wir Makel und kletterten vorsichtig in das Erdloch.

Unten angekommen legten wir ihn vorsichtig ab.

Ich liebe dich! Vergiss das bitte nicht!, sendete ich ihm. Ein kurzes Ruckeln ging durch den Kokon und dann war es still. **Ich liebe dich auch …,** flüsterte Makels Stimme und dann herrschte eine Totenstille.

Schließlich kletterten Chez und ich wieder aus dem Loch und Chez ließ den Bagger die Erde wieder auf das Loch und den darin liegenden Kokon sinken. Er fuhr mit dem Bagger einmal über die Stelle und tata! Niemand könnte je ahnen, dass hier vor Kurzem noch ein Loch gewesen war!

Chez fuhr den Bagger weg und kam dann ohne Bagger wieder.

»Wo hast du den überhaupt hergehabt?«, fragte ich Chez, als wir durch die Gänge zurück zu unseren Zimmern liefen. »Ich habe ihn mir von Coach Julius geborgt!«, meinte Chez mit einem Schulterzucken. Ich erstarrte, doch er winkte ab. »Eigentlich hat Kurt mich gebeten, ein Auge auf seine Baggerschlüssel zu haben!« Er hielt die Schlüssel triumphierend hoch. »Und ich habe ein Auge auf seinen Baggerschlüssel!«, meinte er grinsend. Ich grinste auch … Ganz kurz. Nicht eine Millisekunde dauerte mein Lächeln an, dann war es verschwunden. Wie weggewischt! »Gute Nacht.«, sagte ich und bog in den Flur ab, in dem ich mein Zimmer hatte. Ich legte mich schlafen, bekam aber kein Auge zu und als es Morgen war, schlug die Müdigkeit über mir zusammen und ich schlief ein.

Breeb breeb breeb breeb! Dummer Wecker, dachte ich, aber der Wecker ging davon auch nicht aus, also schlug ich mit der Hand auf den Aus-Schalter des Weckers. Der Wecker zersprang in seine Einzelteile und ich öffnete die Augen … nur um sie gleich wieder zu schließen. Langsam ließ ich die Lider flattern und öffnete dann noch langsamer die Augen. Das Licht hatte mich geblendet.

Vorsichtig stand ich auf. Mir tat alles weh. Langsam zog ich mich an und machte mich auch ansonsten fertig. Ich packte mein Schulzeug für EOM und schlurfte in die Caféteria.

Es war noch niemand da. Ich schnappte mir ein Brötchen und ein kleines Plastiktöpfchen mit Honig. Ich setzte mich in meine altbekannte Ecke und mümmelte mein Honigbrot. Langsam kamen die Erinnerungen an den letzten Abend zurück und ich wurde immer wacher und wacher.

Ich war gerade fertig essen, als die anderen Blitzaugen hineinstürmten.

Ich ging auch einfach an Chez vorbei, der mir verdutzt hinterhersah. Es war, als würde ein Teil von mir fehlen ... **Makel?,** fragte ich. Keine Antwort. Ich seufzte und ging schon in das Klassenzimmer. Wir hatten Kurt nur in zwei Fächern: HGG und EOM. Komischerweise war er schon da.

Ich setzte mich auf meinen Stuhl und dann kam Kurt plötzlich zu mir. »Lyca? Ich denke ... ich sollte es dir jetzt sagen ... Du bist ein Waisenkind, aber was dir nie gesagt wurde, weil es niemand außer mir wusste ... Ich kenne deine Mutter ... und ich kannte Makels auch ...« Ich verschluckte mich an meiner eigenen Spucke. Ich hatte einen Kloß im Hals und begann zu schwitzen.

»Du kennst ... du weißt, wer meine Mutter ist? Du weißt wer ...« Ich erstarrte. »Makels Mutter war!«, endete Kurt und nickte einmal bedächtig.

»Ja ... Sehr wohl! Ich wusste auch, was er war, als er noch nicht einmal sprechen konnte, und als dann das mit der Grotte war ... wusste ich schon, was dort passiert war ...«

Ich keuchte. »Ich weiß auch, dass ihr ihn vergraben habt! Weshalb sonst hätte ich Chez die Schlüssel gegeben?« Tränen schossen Kurt in die Augen. Er sah sehr verzweifelt aus.

»Wer war Makels Mutter?«, fragte ich unvermittelt. Kurt schüttelte den Kopf. »Ich habe versprochen, es niemandem zu sagen, schließlich waren es ihre letzten Wünsche, aber deine Mutter war ...«

In dem Moment kam Kuffkuff herein und Kurt wechselte gekonnt das Thema.

»Entspannen ist in dieser Zeit etwas sehr Wichtiges! Unsere Hoffnung und unser Glaube an das Gute ist das Einzige, was in solch schweren Zeiten aufrichten kann. Ist deine Frage damit beantwortet?«, fragte er. Ich nickte, obwohl mir die wahre Frage auf der Zunge und in den Augen brannte. Wer war meine Mutter?

Kurt gab mir einen Zettel und nickte mir beschwichtigend zu. Er klopfte mir auf die Schulter und ging nach vorne. Chez kam herein und der Unterricht begann. Ich konnte mich allerdings kein Stückchen auf Entspannen konzentrieren. Mein Blick war wie erstarrt auf das geknickte Zettelchen gerichtet, auf dem in geschwungenen Lettern etwas stand.

Höre in dein Herz, die Antwort ist da,
glaub an die **Dunkelheit,**
die uns **ordnet,**
die uns straft und **richtet,**
die uns fängt in **endloser List,**
die isst, was sie **ist,**
so wie die **Schlange,**
ihre wahre Gestalt.
Richtet den Namen der Finsternis dann.
Die Antwort du suchst,
in Mische und Bräuche,
auf der Seite hundertneunzig!!!
Kreuze das erste Wortspiel durch,
die Botschaft seit Jahren,
Vergessenheit gleich.

Die Stunde zog sich ellenlang, doch irgendwann war sie doch um und ich rannte in die Bücherei. Es war Sonntag, also hatten wir nur eine Stunde EOM. Jede Klasse zu einer anderen Tageszeit und am Abend gab es jeden zweiten Sonntag ein Lagerfeuer ... Nach den bisherigen Ereignissen vermutete ich allerdings, dass das vorerst entfallen würde.

Ich ging zielstrebig und schnellen Schrittes in die Abteilung mit magischen Mixturen und suchte die Buchrücken ab. Ich zog das Buch aus dem Regal und schlug »Mische und Bräuche« auf. Ich blätterte darin, bis ich Seite hundertneunzig aufgeschlagen hatte. Wenigstens das war eine klare Anweisung!

Aufmerksam las ich den Text durch, doch ich wurde daraus einfach nicht schlau. Ich hielt den Finger in der Seite und blätterte, um zu sehen, wer der Autor war. Mir klappte die Kinnlade herunter. Auf dem kleinen Foto, unter dem »Autor« stand, war ganz eindeutig das Gesicht einer mir nur allzu bekannten Person: Kurt!

Hastig schlug ich wieder die richtige Seite auf. Ich begann zu lesen ...

Die Freundinnen vom dunklen Graben

Vor vielen Jahren, da gab es in der Welt Frieden und ein jedes Wesen sang im Herzen von Glück, da lebte im hellen Wald, der vor Dürre brannte, ein kleines Mädchen. Jeden Tag ging es Wasser holen, um die Dürre vor der Haustüre zu vertreiben. Dieses Kind kannte kein Glück. Es war einsam und hatte niemanden.

Das Mädchen wurde auf den Namen Freveen gerufen, doch es gab ja keinen, der es rief, und daher geriet sein Name in Vergessenheit.

Eines Tages lief Freveen Wasser holen, doch wo einst der klarste Fluss mit dem kühlen Wasser geflossen war, dort war ein tiefer schwarzer Abgrund, der der Leere in ihrem zu Stein gewordenem Herzen glich. Statt Trauer und Leid empfand Freveen mit einem Mal Wut und Hass.

So starrte sie wie gebannt in die Tiefe, als ein anderes Mädchen am andern Ufer ankam. Das Mädchen lebte ebenfalls in großer Dürre und war geschickt zum Wasserholen. Sie hatte allerdings noch einen großen Bruder, der sie auf den Namen Meenee rief. Er hatte sie zwar nur gefunden und beschützt, doch sie fühlte sich, als sei es ihr leibhaftiger Bruder, obwohl dem nicht so war.

Durch diesen einen Halt fühlte sich Meenee so beflügelt, dass sie sich wie der glücklichste Mensch auf Erden fühlte. So war sie gar erstaunt, als sie die wütende Freveen am anderen Ufer starren sah.

»Was schaust du so in die Tiefen? Hast du die Oberfläche aus dem Blick verloren?«, fragte Meenee, die statt einem tiefen Graben silbernes Wasser fließen sah.

»Schau, ich will zu dir kommen um dich zu trösten!« Und Meenee stieg in das Wasser und plötzlich sah Freveen es auch. Meenee lud die staunende Freveen ein, doch mit ihr zu kommen.

So gingen Freveen und Meenee Hand in Hand zu Meenees großem Bruder, der seine kleine Schwester und den neuen Gast mit offenen Armen empfing. So wuchsen die drei nun zusammen auf und waren glücklich trotz all der Dürre, doch was niemand wusste, im tiefsten Innern von Freveen wuchs Hass gegenüber dieser Glückseligkeit. Konnten nicht Meenee und ihr Bruder auch die Dürre sehen? Die brennenden und lodernden Bäume, die sie umgaben?

Als zwanzig Jahre ins Land gezogen waren, da gingen die Freundinnen auf einen Spaziergang und entdeckten eine kühle Höhle. Vielleicht, so dachten sie, wäre ein Leben darin leichter. So holten sie den Bruder und zogen ein. In der Höhle tropfte Wasser von der Decke in ein großes Becken und sie tranken und litten niemals Durst.

Wieder nach Wochen, alle schliefen noch, da erwachte Freveen wegen eines Geräusches. Da standen fremde Wesen in der Höhle, die sich an ihrem Wasser labten. Vor Wut schäumend stürzte sich Freveen auf die Gestalten. Erst da sah sie den Unterschied. Das Wasser war eklig. Kein bisschen klar und nun landete sie in der Brühe, doch es fühlte sich gut an. Meenee erwachte von eben demselben Geräusch. Sie sah Freveen bis zur Hüfte in dem Gebräu stehen und wollte ihre Freundin retten, daher eilte sie ihr zur Hilfe und siehe da … Das Wasser war plötzlich gut!

Freveen fühlte sich stark. Stark genug, alles zu tun, und weil die Gestalten verschwunden waren und das Wasser normal aussah, beschlossen Freveen und Meenee dem großen Bruder nichts zu sagen, doch dies war ein Fehler, das wusste Meenee, als sie eines Tages aufwachte und weder Freveen noch ihr großer Bruder da waren.

Sie war der Meinung, man habe sie entführt.

So suchte sie die beiden viele Jahre lang. Die Liebe fand sie auf diesem Weg und ein Kind gebar sie in dieser Zeit, als sie erfuhr, dass Freveen ein Kind von ihrem Bruder in sich trug. Ihr Bruder aber sei verunglückt. Das machte Meenee traurig und in der Nacht schlich sie sich in Freveens Haus und nahm das Kind, denn sie wollte nicht, dass das

Kind ihrem Bruder folgte. Ihrem Mann sagte sie nichts. Er startete eine Suchaktion, die nach drei Tagen abgebrochen wurde, als man Meenees Leichnam fand. In der Nähe ihrer alten Höhle, die fortan Grotte genannt wurde. Von Freveen und den beiden Kindern aber fehlte fortan jede Spur.

Bringt dich diese Spur nicht weiter? Nun, einen wahren Namen will ich dir nennen. Meenees große Liebe war Barkan Ahok!

Meenee = Tochter der Liebe

Freveen = Tochter der Schlange

Barkan Ahok = Berühmter Na'aim-Maler

Barkan Ahoks größtes Meisterwerk ist nach dem Schönsten benannt, was ihm im Leben widerfahren ist. Es heißt: »Ijesabell«

Ich biss die Lippen fest zusammen. Die Geschichte war traurig und je mehr Gedanken man sich dazu machte, umso gruseliger war sie. Ich schauderte kurz. Es war ganz klar ... Diese Meenee hieß in Wirklichkeit Ijesabell, aber wer war Freveen?

In der Geschichte gab es eine Grotte ... die Goseim-Grotte? Es war nur allzu deutlich, dass ... Ich erstarrte. Das war nicht gut! Das war gar nicht gut! Wenn Kurt keine dummen Scherze mit mir trieb, dann waren Makel und ich also die Kinder von Ijesabell und dieser Freveen!!! Stellte sich nur die Frage, wer das Kind von wem war. Ich schluckte kurz, weil ich die Antwort nicht wissen wollte, aber ich musste es mir selbst eingestehen, dass ich es wusste ... Wenn so jemand wie Freveen hier an der Schule wäre, dann hätte ich das doch gemerkt! Jemand, der ständig nach etwas zu suchen scheint ... Jemand, der ein Geheimnis hat ... Jemand, der ... Ich quiekte erschrocken und ließ das Buch fallen. Jemand wie Doris alias Dorelis!!! Weil Makel und Dorelis beide Na'aim waren, lagen die Fakten ganz klar! Aber wie konnte so jemand wie Makel so eine schreckliche Mutter haben? Ich kannte die Antwort ...

Ich ließ das Buch liegen und verließ hastig die Bücherei. Ich rannte in mein Zimmer und als ich da war, brach ich in Tränen aus.

Es klopfte an der Tür. »Nein!«, nuschelte ich zwischen meiner Decke hervor. »Ich bin's! Chez! Ähhh ... und Kurt ... « Kam es von draußen. »Was versteht ihr an Nein nicht? Verschwindet!«, schrie ich und begann in mein Kissen zu schnäuzen.

»Was ist denn mit ihr?«, hörte ich Chez fragen. Kurt seufzte. »Die liebe Lyca ist nicht dumm und hat mein Rätsel schon längst gelöst ... «, meinte er wehmütig. »Was für ein Rätsel?«, fragte Chez irritiert. Ich vermutete, in der kurzen Pause, die folgte, spähte Kurt den Gang entlang, ob auch niemand sie hören konnte.

»Es hat etwas mit Makel und ihr zu tun ... «, seufzte Kurt. »Du weißt, dass sie zusammen sind?«, fragte Chez ungläubig. »Wie bitte?«, fragte Kurt verdattert. Das hatte er wohl am allerwenigsten erwartet. »Sie sind doch grundverschieden!«, sagte Kurt. Ich heulte gequält auf. Dass er mir das auch noch unter die Nase reiben musste.

»Tja ... Gegensätze ziehen sich an und seit die beiden in der Grotte eingesperrt waren, hat es richtig zwischen den beiden gefunkt! Äh ... Wenn dein Rätsel nichts damit zu tun hat... Womit denn dann?« Chez wirkte richtig verbittert, weil wir etwas wussten, was er nicht wusste.

»Ich denke, das kann ich dir nicht sagen ... Ich habe es versprochen! Du müsstest auch das Rätsel lösen, aber ... Verzeihung, aber ich denke, du bist nicht ganz hell genug dazu!« Ich hörte Chez empört nach Luft schnappen.

Ich schniefte einmal. »Kommt rein ... «, krächzte ich hervor. Die Tür ging auf, Chez und Kurt kamen herein, die Tür ging zu.

»Das muss aber was verdammt Schlimmes sein, was da in dem Rätsel ist! Lyca! Du siehst aus, als hättest du einen Lastwagen Zwiebeln geschält!«, gluckste Chez. Ich funkelte ihn wütend an. »Ach echt!«, knurrte ich. Chez hob beschwichtigend die Hände.

»Es tut mir wirklich über alle Maßen leid!«, beteuerte Kurt. Ich schniefte kurz.

»Vielleicht reagiere ich auch über ... Das muss ja schließlich nichts heißen!«, schluchzte ich. Kurt biss die Zähne zusammen und nickte knapp. Ein eindeutiges: Nein!

Vielleicht meinte Kurt es mit seinem Nicken wirklich ernst, also schluckte ich kurz und schniefte ein letztes Mal.

Ich hatte mich ein wenig beruhigt. Chez und Kurt saßen mir gegenüber an meinem Schreibtisch. Wir schauten und schwiegen uns an. Was sollten wir bereden? In absehbarer Zukunft gab es nichts, was wir hätten tun können!

Mir kam eine Idee. »Was machen wir eigentlich, wenn Makel … schlüpft?«, fragte ich. Kurt wusste von Makel und dem Kokon. Das Einzige, was er nicht über Makels Privatleben gewusst hatte, war unser Kuss gewesen. Warum musste Chez bloß so ein Plappermaul sein?

»Nun … Zuerst sollten wir ihn ausgraben!«, meinte Chez. »Und woher sollen wir wissen, wann er schlüpft? Wo sollen wir ihn dann verstecken? Was passiert mit uns, wenn wir erwischt werden?« Die Fragen quollen nur so aus mir heraus. Ich hätte schreien können!

»Hast du denn nicht mehr diesen mentalen Kontakt mit ihm?«, fragte Chez. Kurt schaute verwirrt.

»Das ist auch bei Raupen so! Wenn sie sich im Kokon befinden, fallen sie in eine Art Schlaf und erwachen erst wieder, wenn es ans Schlüpfen geht!«, erklärte ich.

»Na, das passt doch! Wenn du Makel wieder hören kannst, dann wissen wir, wann wir ihn ausbuddeln müssen!«, verkündete Chez.

Ich schnaufte verächtlich. Ich wollte es einfach nicht wahr haben, dass Chez auch schlau sein konnte!

Da fiel mir noch eine Frage ein. Eine wichtige Frage! »Moment! Wir wissen doch noch überhaupt gar nicht, was jetzt überhaupt aus Makel wird! Kann ja sein, dass … « Ich stockte.

»Er zu einem riesigen Biest mit fünf Köpfen mit Hörnern und riesigen scharfen Krallen wird!«, beendete Chez. »Ha, ha!«, machte ich ironisch, hatte aber insgeheim Angst, dass er recht hatte.

»Was passiert denn in Kokons?«, fragte uns Kurt und sein Tonfall zeugte davon, dass er die Antwort schon kannte.

»Das Wesen darin verändert sich!«, sagte Chez bestimmt. »Genauer?«, fragte Kurt. Ich blickte verdutzt und Chez hob die Achseln.

»Keine Ahnung? Denkt mal an das berühmte Tier namens Schmetterling! Zuerst ist es eine Raupe. Dann streift er seine alte Haut ab und wird zu einem wunderbaren neuem Wesen! Bei den meisten Insekten, die sich verpuppen, ist es das Gleiche! Im Kokon wachsen ihnen Flügel!«

Chez und mir blieb der Mund offen stehen, als Kurt endete. Meinte er das ernst? Dachte er wirklich, dass Makel Flügel wuchsen? Nur Flügel? Keine weiteren Veränderungen? Mein Makel als ... Ich dachte an Insekten und fast hätte ich geschrien. Wurde aus Makel jetzt etwa ein Elf?!?!

Laut den verwirrten Mienen von Kurt und Chez, die mich beide anstarrten, hatte ich meine Gedanken laut geäußert.

»Ein Elf?«, fragte Chez. Ich biss mir auf die Unterlippe und nickte kurz. »Diese kleinen Menschen mit den Schmetterlingsflügeln!«, setzte ich hinzu, damit sie verstanden.

Kurt schüttelte energisch den Kopf. »Ich denke nicht, dass Makel sich auf diese Weise verändert! Immerhin ist er kein Insekt! Elfen und Elfe gibt es nicht! Alter Mythos!«

»Aber mein Onkel hat eine eingelegte Elfe in einem Glas! Steht in seiner Sammlung!«, erzählte Chez. Ein Schauer fuhr mir über den Rücken, aber Kurt hob nur bedächtig eine Augenbraue. »Fälschung!«, sagte er selbstsicher.

Fast hätte ich gelacht über Chez' bedrückte Miene.

Kapitel 5

Unterricht war eine Qual. Immer hieß es: Hier Na'aim, da Makel!

Es nervte mich, eine Unschuldsmiene zu machen und dumm aus der Wäsche zu gucken. Ich war nicht hirnlos! Das waren schon ein paar andere. Fast jedes Fach wurde jetzt geändert in N'A, was jetzt alle Schüler zusammen hatten. Na toll!

Jeder sollte jetzt mit Hilfe der Bücherei und eigenem Erfindungsgeist eine Na'aim-Falle bauen! Mir war zum Heulen! Wie gerne hätte ich Coach Julius ins Gesicht geschrien, er könne seine ganzen Helden-Reden begraben, weil sie sowieso alle Lug und Trug waren! Wer Makel beschuldigte, er sei böse, der hatte die größte Lüge gesprochen, die ich kannte.

Eine noch größere Lüge, als wenn ich jetzt gesagt hätte, Natalie könnte auch nett sein ... Wobei ... diese zwei Lügen waren gleichauf auf Platz eins!

Wir hatten (nicht wunderlich) gerade N'A. Kuffkuff hatte die große Ehre, dass er seine Falle als Erster vorstellen durfte.

»Meine Falle fängt alle Lebewesen, die übermenschlich sind, und identifiziert sie! Mit ihr könnte man auch einen Geist oder einen Engel fangen!«, rief er freudig und stellte eine Bärenfalle auf den Boden. An der einen Seite waren ein kleiner Bildschirm und viele Zahlenknöpfe.

»Mit einem Zahlencode für das spezielle Monster kann man das Monster nach Belieben wieder freilassen!« Er grinste stolz, aber Coach Julius blickte alles andere als begeistert.

»Ein Na'aim ist nicht übermenschlich! Wenn du mit übermenschlich übermenschlich böse meinst, dann ja! Ansonsten ist er bloß ein wildes Tier! Er ist sehr stark, das ja! Übermenschlich ist er trotzdem nicht! Tut mir leid, Kuffkuff, aber du hast die Aufgabe nicht erfüllt!«

Tränen stiegen in Kuffkuffs Augen. »A ... aber ich habe mir solche Mühe gegeben!«, wimmerte er. Coach Julius seufzte. »Nun gut ... schaden kann es nicht, wenn du sie aufstellst! Sei aber gewarnt! Den

Na'aim wirst du damit nicht fangen!« Kuff kuff nickte und lächelte flüchtig.

Ich seufzte deprimiert. Echt melodramatisch! ... Fing ich jetzt auch schon damit an? Makel färbte ganz schön auf mich ab!

Gelangweilt sah ich zu, wie auch die anderen Blitzaugen ihre Fallen vorführten. Dann kam Natalie. Alle klatschten Beifall, als sie ein Stolperseil aus »Spinnenweben« hoch hielt. Angeblich sollte das die magische Kraft des Na'aim bannen, ihn stolpern lassen und mit den klebrigen Fäden festhalten. Sie meinte auch, damit sähe man die wahre Gestalt des Na'aims, da er ja über keine Magie verfüge ...

Tobender Applaus! Ich hasste Natalie!!!

Nun war schließlich auch ich an der Reihe. Ich präsentierte (na hoppala) ein Netz aus Spinnweben (die in Wirklichkeit Gummifäden waren). Natürlich kein Applaus, außer von Coach Julius (war ja klar)!

Die Stunde verlief nicht weiter spektakulär, aber ich bekam richtigen Bammel um Makel, denn manche Fallen waren echt raffiniert!

Es ertönte das sehnsüchtig erwartete »Ting, ting« der Pausenglocke und ich wollte aufstehen und hinausgehen.

»Morgen schreiben wir einen Test über euer Na'aim-Wissen! Ihr werdet es brauchen, wenn wir den Verräter finden!«, verkündete Coach Julius und dann stürmten alle Schüler nach draußen. Ich mischte mich mit einem unbehaglichen Bauchgefühl unter sie.

Obwohl ich wusste, dass es sinnlos war, versuchte ich an diesem Abend, Makel zu kontaktieren.

Makel! Wenn du mich hören kannst, bitte antworte mir! Ich habe Angst um dich ... Sie bauen Fallen ... Sie versuchen dich zu finden!

Ich stoppte meine Erzählung, weil ich einfach nicht weiter darüber nachdenken durfte, sonst brach ich womöglich noch in Tränen aus, was viel zu oft in letzter Zeit geschah.

Auf einmal jagte mir ein Bild durch den Kopf, wie Makel mir tröstend die Schulter klopfte. Nur einen Moment war das Bild da, dann war ich wieder mit meinen Gedanken alleine. Aber ich saß da, wie zu Stein erstarrt und die Augen ungläubig geweitet, denn Makel hatte mir geantwortet!

Es war früh ... sehr früh morgens ... Warum war ich wach geworden? Ich wusste es nicht ... Ich sah mich in meinem Zimmer um und gelangte zu der Annahme, dass alles in Ordnung sei, als auf einmal das wohlbekannte »Ting, ting« ertönte und eine Durchsage durch die Lautsprecher scholl: »An alle Schüler, an alle Schüler! Sofort auf den Campus kommen! Ich wiederhole! Alle Schüler bitte auf den Campus kommen!«, schrie Coach Julius' Stimme über den Korridor.

Ich bekam es (schon wieder) mit der Angst zu tun. Mit zitternden Knien und bebenden Händen zog ich mich erst an und rannte dann nach draußen.

Ich war einer der ersten Schüler auf dem Campus.

Chez war schon da. Ebenso da war Coach Julius und ein riesiger Erdhaufen, aus dem ein winzig kleiner Teil des Kokons freigelegt war. Anscheinend war der Kokon gewachsen ...

Chez stand da wie erstarrt und glotzte auf den freigelegten Kokon. Coach Julius spannte ein Absperrband darum.

Da stürmten auch schon die anderen Blitzaugen auf den Campus und blieben wie angewurzelt stehen.

»Was ist das?« Oder: »Was hat das zu bedeuten?«, riefen einige, aber andere (wie Natalie) stellten auch dämliche Fragen wie etwa: »Warum glitzert die Erde da so schön?« Oder: »Warum spannen sie ein Absperrband um den Erdhaufen?« Wenn man die Sache näher bedachte, waren es eigentlich keine so doofen Kommentare, aber sie hatten sich wahrscheinlich nichts dabei gedacht und deshalb waren die Fragen dämlich!

Coach Julius hob besänftigend die Hände. Er war gerade damit fertig geworden, das Absperrband zu spannen, und hatte nun eine neue Aufgabe, nämlich die aufgebrachten Schüler zu beruhigen und den älteren Blitzaugen, die sich durch die Schülerreihen zu ihm durchgequetscht hatten, die Lage zu schildern. Chez habe wohl den Haufen gefunden und zufällig sei Coach Julius gerade von seinem Rundgang zurückgekommen.

Mühsam kämpfte ich mir einen Weg zu Chez frei und packte ihn am Oberarm. »Was ist passiert?«, zischte ich ihm zu, damit uns niemand hören konnte. Eigentlich waren meine Mühen, die Sache geheim zu halten, überflüssig, denn die Schüler hatten eh keine Zeit zuzuhören. Sie waren gerade viel zu beschäftigt damit, sehr laut und durcheinander durch die Gegend zu schreien.

»Von meinem Fenster aus habe ich gesehen, dass irgendetwas auf dem Campus ist, und habe natürlich gleich nachgesehen! Plötzlich kam Julius aus dem Wald und ich konnte gar nichts machen ...«, flüsterte Chez zurück.

»Alle Schüler und Lehrer! Bitte hört mir zu!«, übertönte Coach Julius die lärmende Menge. Er hielt ein Megaphon in der Hand ... Wo hatte er das denn so schnell her?

»Viele von euch werden diese Situation nicht verstehen. Die meisten von euch wahrscheinlich. Ich bitte also um absolute Ruhe, während ich euch die Lage schildere!« Schweigen folgte und Coach Julius atmete einmal tief durch.

»Etwas Derartiges ist bisher noch nie geschehen, aber ich erkenne deutlich die Handschrift! Dies ist das Werk eines Na'aim!« Sofort brach Unruhe aus, doch Julius schaltete kurz die Sirene am Megaphon an und hatte wieder die ungebrochene Aufmerksamkeit der Schüler.

»Es ist unmöglich, dass sich Makel vom Schulgelände entfernen konnte, daher bin ich der Ansicht, dass das eine Art Versteck ist! Wisst ihr, was das heißt?« Coach Julius betonte das »das« bei seiner Frage ganz besonders. Wieder Stille. Die anderen Schüler verzogen verwirrt die Gesichter, während Chez fast die Augen aus dem Kopf fielen und ich am liebsten schreiend weggerannt wäre.

»Er hat Verbündete! In euren Reihen gibt es Verräter! Das ist eine Warnung! Wir holen den Na'aim aus diesem Ding und quetschen ihn aus, bis wir auch ihre Identität kennen, und dann erwartet sie alle die Strafe, die ihnen zusteht!« Unruhiges Gemurmel und nicht zum ersten

Mal wünschte ich, ich könnte die Tränen zurückhalten, aber sie kullerten und kullerten. Zum Glück war es dunkel, sonst hätte mich diese Geste verraten.

Auf einmal brach unter den Schülern wieder der laute Tumult aus und Coach Julius hob beschwichtigend die Hände und drückte die Sirene. »Ruhe bitte!« Er nahm eine scharfe Klinge in die Hand und versuchte an dem Kokon zu schneiden, aber ohne Erfolg. Er sah verwirrt aus.

»A … aber die Klinge ist aus Mytrill … Mytrill ist das einzige Material, das alles durchdringen kann und auch alle Monster töten kann … Wie kann dieser Stoff die Mytrill-Klinge abwehren?« Alle starrten wir perplex auf die im fahlen Licht bläulich schimmernde Klinge. Tatsächlich! Das konnte nur Mytrill sein! Mytrill war das einzige Metall, das als unzerstörbar galt. Seine Wirkung war verheerend. Es gab fünf große Mytrill-Minen. Es abzubauen und zurechtzuschmieden, war anstrengende körperliche Arbeit. Maschinen zum Abbau des Materials zu verwenden, konnte tödliche Folgen haben, da manches Mytrill dazu neigte, sich selbst in die Luft zu jagen, wenn es mit anderen Metallen in Berührung kam. Man konnte es nur anhand der im Inneren verborgenen Wärme vom ungefährlichen Mytrill trennen.

Vor einiger Zeit hatte mal jemand versucht, mit Maschinen das Erz abzubauen. Dabei hatte man das explosive Mytrill entdeckt und die sechste große Mytrill-Mine war eingestürzt.

Die Gefahr, dort verschüttet zu werden, war einfach zu groß und es gab ja auch noch fünf andere Mytrill-Minen, daher wurden die Arbeiten an dieser Mine beendet. Sie konzentrierte sich nun auf die anderen Mytrill-Minen.

Coach Julius entfernte sich mit rasender Geschwindigkeit von dem Kokon. »Dann müssen wir seine Verbündeten finden und drohen, sie zu töten, wenn nicht herauskommt …«, murmelte er, aber ich hatte ihn über den Lärm der anderen Kinder hinweg gehört.

Dann wurden wir wieder in unsere Zimmer gejagt. Wir sollten ausgeschlafen sein für den Test morgen … Äh … heute! Coach Julius rief uns hinterher, wir sollten uns gut vorbereiten, dass wir gewappnet sind, wenn wir uns Makels Verbündeten oder Makel stellen müssten.

Ich konnte nicht mehr einschlafen, aber das war auch nicht weiter wunderlich, also fragte auch niemand, als ich mit Augenringen so groß wie Autoreifen in die Caféteria kam. Mir fiel auch auf, dass es mich noch gar nicht einmal sooo schlecht erwischt hatte, denn als ich Natalie sah, schnappte ich erst einmal erschrocken nach Luft. Ihr Gesicht war eingefallen wie ... Da gibt es doch so einen Kuchen ... Wenn er aus dem Ofen geholt wird, dann darf man kein lautes Geräusch machen, sonst pffffff! Und ebenso pffffff sah Natalie jetzt aus.

Chez sah auch nicht besser aus, aber Kuff kuff ... Er sah so ausgeruht wie nie zuvor aus! Fast schon unheimlich, wie normal und nicht weiß seine Haut aussah!

Ich nahm mir wieder ein Brötchen und setzte mich an meinen alt bewährten einsamen Platz und aß.

Nach dem Essen stand Schule auf dem Programm. N'A was für ein Wunder ... Wir bekamen Zettel ausgeteilt und da waren total einfache Fragen drauf. Eins aber fand ich am besten:

Zeichne einen Na'aim in dem Element Wasser.

Das fiel mir nicht gerade schwer, denn ich wusste ja, wie Makel so aussah und außerdem mochte ich es zu malen. Ich war sehr schnell fertig und gab ab, als mir mein Fehler bewusst wurde. Es war eine Falle! Nur Makels Verbündete wussten, wie Makel mit dem Element Wasser aussah! Aber es war zu spät und ich war voll in die Falle getappt!

»Hast du das Zeichnen?«, fragte mich Chez grinsend und ich wusste, dass er die Aufgabe wie ich gelöst hatte. Ich schlug den Kopf auf den Tisch. Wie hatte ich nur so dumm sein können?!?!

Ich hob den Blick und sah, wie Coach Julius die Arbeiten überflog und dann hielt er inne und fokussierte mich und dann erst Chez mit seinem Blick. Seine Augen weiteten sich und er kramte kurz weiter und zog wahrscheinlich Kuff kuffs Arbeit hervor.

»Rikky?«, fragte er traurig. »Was ist, Coach Julius?«, fragte Kuff kuff. Coach Julius' Gesichtsausdruck verzog sich. »Du bist der Einzige aus deiner Klasse, der ...« Kuff kuffs Augen weiteten sich, während Coach Julius sprach. Vermutlich dachte er, dass er eine schlechte Note bekommen würde. »Der kein Verräter ist!« Alle drehten sich zu Chez und mir um. Ungläubig und völlig aus der Fassung gebracht. Kuffkuff klappte die Kinnlade herunter.

»Wie kommen sie darauf?«, schrie Chez empört. Coach Julius hielt Chez' und meine Arbeiten hoch, so dass jeder das Bild von Makel sehen konnte, und ich schlug mir erneut den Kopf gegen den Tisch, obwohl das sowieso nichts bringen würde außer Kopfweh.

»Ich wusste, dass mit Lyca irgendwas faul war!«, schrie Natalie da und dann wurden Chez und ich gepackt. Auf Coach Julius' Zeichen hin wurden wir gefesselt und geknebelt. Das Material dazu hatte Coach Julius hinter dem Tresen bereit gelegt.

Aus und vorbei! Alles umsonst! Wir waren aufgeflogen!

Ein ungläubiger Gedanke: Oh! Von Makel und dann war der mentale Kontakt auch schon wieder weg.

Aber er wusste Bescheid und an dieser Stelle schossen mir die Tränen in die Augen.

»Verräter!«, schrien unsere Mitschüler. Der Einzige, der nur dastand und uns ungläubig anstarrte, war Kuffkuff, der alles andere als freundlich gesinnt aussah. Klar! Was das anging, konnte ich ihn auch vollauf verstehen, denn seine Klassenkameraden und seine Klassenkameradin waren ein Monster und dessen Verbündete!

»Ich muss zugeben: Ich bin enttäuscht! Ausgerechnet du Lyca! Sicher, Makel ist Chez' bester Freund und ich hatte ihn auch schon im Verdacht, aber du, Lyca? Ich bin wirklich enttäuscht!«, sagte Coach Julius herablassend, dann spuckte er vor uns auf den Boden.

Coach Julius machte ein Zeichen und alle Schüler lachten. Ich war am Boden zerstört. Mit dem Kopfweh wurde es immer schlimmer. Ich verdrehte die Augen und meine Lider flatterten und dann war es schwarz.

Es war kalt und dunkel, aber ich hatte ja auch die Augen geschlossen. Ich hegte die Hoffnung, dass das alles bloß ein böser Traum gewesen sein muss, aber ich wollte mich auch nicht dem stellen, was kam, wenn es doch Realität gewesen wäre! Wenn es ein Traum gewesen war, dann war er jetzt sowieso vorbei, und falls es Realität war, dann ließ ich lieber mal die Augen zu.

»Kurt? Ihr habt doch gesagt, sie müsste jeden Moment aufwachen, oder habe ich mich da etwa verhört?«, meinte Coach Julius' Stimme unfreundlich. »Sicher, sicher! Sie müsste gleich wach sein! Dann ... äh ... könnt ihr sie ... befragen ...« Bevor Kurt »befragen« sagte, schluckte er hörbar. Er wollte vermutlich nicht »ausquetschen« sagen, aber es lief auf das Gleiche hinaus.

Es war also doch Realität, na toll! Dass das Schicksal immer meine Hoffnungen zunichte machen musste!

Ich überlegte kurz, während Coach Julius sich beschwerte, er wolle einen genauen Zeitpunkt wissen, wann ich erwache, und Kurt versuchte, sich zu verteidigen indem er eine Menge Fachausdrücke durcheinander warf um Coach Julius zu beweisen, wie komplex die ganze Angelegenheit war.

Wenn man davon absah, dass ich mich der Aufgabe früher oder später stellen musste, würde sich wahrscheinlich jeder für später entscheiden. Nicht so ich! Das Problem würde sich nicht nur verschieben, es würde sich aufstauen, und das wäre noch schlimmer, als mich jetzt und hier mit dem Problem zu konfrontieren. Außerdem wollte ich Kurt nicht zu viel Ärger machen. Er konnte nichts dafür, dass wir aufgeflogen waren! Auch wenn mir das lieber gewesen wäre, denn dann hätte ich jemanden, dem ich die Schuld in die Schuhe schieben konnte.

Lyca? Ist alles in Ordnung mit dir? Ich habe versucht, mit dir zu sprechen, aber du warst ... weg! Makel? Wieso konnte er so lange mit mir reden, ohne auch nur müde... War die Verpuppung etwa abgeschlossen? Ich riss die Augen auf und fuhr hoch. Ich war weder gefesselt noch geknebelt.

Makel! Ist alles in Ordnung mit dir? Ich spürte Makel überlegen. **Hier drinnen ist es eng und es wird immer enger, aber ich wollte nicht rauskommen, ohne zu wissen, dass alles in Ordnung ist!** Wie recht er doch hatte. Ich starrte geradeaus. Konzentrierte mich nicht auf Coach Julius oder Kurt, die wohl auf mich einschrien oder einredeten, sondern auf meine Gedanken. **Wir wurden entlarvt!**, schickte ich ihm. **Das habe ich gerade so mitbekommen …,** bestätigte er. **Sie haben auch dich entdeckt!,** schickte ich und er schwieg erschrocken. **Das heißt also anders gesagt: Nichts ist in Ordnung,** fasste er die miese Situation knapp zusammen.

»Warum reagiert sie nicht? Was ist los mit ihr? Kurt! Du hast doch gesagt, sie wurde weder psychisch noch körperlich verletzt!«, schrie Coach Julius, aber ich bemerkte es nur am Rande.

Makel? Kriegst du mit, was um dich herum passiert?, fragte ich. **Ich kann's versuchen …,** meinte er. Dann spürte ich, wie er zusammenzuckte, und ein Schauder lief meinen Rücken hinunter. Ich schrie, und zwar nicht in Gedanken, denn der Boden hatte angefangen zu beben. Jetzt war es schon wieder vorbei, aber ich hatte plötzlich einen gar nicht guten Verdacht.

Makel? Fühlst du dich noch wie du selbst?, fragte ich. Wieder bebte die Erde, aber ich schrie diesmal nicht, sondern Kurt und Julius, die eilig irgendwo hinrannten und die Tür der … Gefängniszelle (?!?!) hinter sich schlossen.

Ich denke … ich bin immer noch ich … aber irgendwas ist komisch … Du kannst ja gar nicht ahnen, was für ein Krach da draußen ist! Ich war erleichtert, als Makel das sagte, obwohl ich zugegeben nicht ganz überzeugt war.

Wo bist du?, fragte er da und ich schluckte. Durch die vergitterte Tür konnte ich in eine andere Gefängniszelle sehen, in der Chez saß und mich ungläubig anstarrte.

Einen Moment, Makel …, sendete ich und ging zur Tür.

»Chez? Ich kann ihn wieder hören! Ich kann Makel wieder hören!«, wisperte ich. Sein Gesicht hellte sich kurz auf und verfinsterte sich dann endgültig. »Du meinst, er ist jetzt … verwandelt? Er kommt aus dem Ding raus? Oh, shit! Du ahnst ja nicht, wie das bewacht wird! Sie haben ihn in die Arena gebracht!«, zischte Chez und ich erbleichte.

Wenn praktische Prüfungen bevorstanden, dann wurden diese immer in der Arena ausgetragen. Es war ein riesiges Stadion. Die Zuschauerreihen und die Arena waren mit einem Mytrill-Gitter abgegrenzt. So ziemlich alles in der Arena bestand aus Mytrill. Die riesige kuppelförmige Decke war sogar berüchtigt dafür. Es gab keine zweite. Kein Monster kam lebend wieder aus der Arena … Es war fast schon gruselig!

Makel! Du bist in der Arena!, rief ich und er schickte mir blankes Entsetzen. **In der Arena?!?! Ich bin verloren …**

Da kamen Kurt und Coach Julius wieder. Sie sahen mich an der Gittertür stehen und kamen gleich auf mich zu. Hinter ihnen folgten andere erwachsene Blitzaugen, die aussahen wie Krieger und Kriegerinnen. Coach Julius gab Befehle und Chez und ich wurden wieder gefesselt (zumindest unsere Hände) und geknebelt. Dann wurden wir hinausgeführt. Wir wurden auf die Arena zugeführt und während wir liefen, verlor niemand auch nur ein Wort.

Wir wurden in die Arena geführt und nicht auf die Zuschauerreihen, auf denen sich alle unsere Mitschüler tummelten.

In der Mitte der Arena lag der Kokon. Er war ungefähr halb so groß wie die Arena, und das war eine sehr beträchtliche Größe.

Vor dem Kokon stand nur ein einziger Blitzauge, und zwar Kuff kuff. Er hielt ein langes und mit prächtigen Ornamenten verziertes Mytrill-Schwert in der Hand. Er funkelte Chez und mich böse an. Anscheinend hatte sich Coach Julius gedacht, dass Kuff kuffs Rachegelüste so stark waren, dass selbst der Tod eines Mitmenschen kein Verbrechen war, und ich musste zugeben, genau so sah es auch aus.

Lyca? Bist du da?, fragte Makel panisch. **Makel! Sie haben Chez und mich auch in die Arena gebracht! Du darfst nicht rauskommen! Was auch passiert! Bitte!,** flehte ich ihn an. **Es geht nicht, Lyca! Die Wände quetschen mich ein! Es tut weh!** Dann bebte der Boden. Ich war mir auf einmal gar nicht mehr sicher, dass Makel nicht doch wirklich zum riesigen Ungeheuer mutiert war…

Plötzlich war da eine Klinge an meinem Hals. Gehalten von Coach Julius' Hand. »Komm raus, Makel, oder ich ersteche deine kleine Freundin!«, schrie Coach Julius. Und ein markerschütternder Schrei, wie ihn kein Mensch schreien konnte, folgte dem Ausruf. Makel hatte Coach Julius gehört und seine Drohung ernst genommen.

Nein!, schrie ich. **Er blufft!** Die ganze Arena bebte und erst feine, dann immer dickere Risse zogen sich über den Kokon.

Er will dir wehtun!, schrie Makel und dabei erklang ein weiterer Schrei.

Es erklang ein Geräusch wie von zerreißendem Stoff und der Kokon zerriss. Alle schrien, Makel eingeschlossen.

Kapitel 6

Was ich sah, erschreckte mich zutiefst. Aus dem Kokon brach die riesige Gestalt einer türkisfarbenen Wasserschlange mit spitzen Giftzähnen hervor.

Makel stieß auf Coach Julius nieder, aber da sprang Kuffkuff vor. Es ging alles so schnell und ich war so schockiert. Makel war tatsächlich zum Ungeheuer mutiert.

Und Kuffkuff stieß mit dem Schwert zu. Makel, der eben noch nach unten auf Coach Julius zugesaust war, verharrte eine Sekunde in einer vollkommenen Starre und kippte dann zur Seite. Leblos. Ich versuchte zu schreien, aber ich war geknebelt, also versuchte ich es mental. **Makel! Das hättest du nicht tun dürfen!** Makel zuckte und … antwortete mir: **Doch … ich musste es tun, sonst hätte Julius dich getötet! Warum sollte er zwei Geiseln am Leben lassen, wenn er mit der einen doch zeigen konnte, wie ernst ihm die Sache war …** Ich zuckte zusammen, als mir die Wahrheit seiner Worte klar wurde.

Du bist eine Schlange … wie Dorelis es war …, war das Einzige, was ich sagen konnte. Komischerweise schickte er mir ein mentales Kopfschütteln. Wie konnte er so locker mit mir reden, wenn er da im Sterben lag?

Ich sehe nur aus wie eine Schlange! Und zwar, weil ich es wollte!

Was willst du damit sagen?

Dass ich mich im Kokon nicht in eine Schlange mutiert habe, sondern eigentlich anders!

Zu was bist du dann geworden?

Später! Nicht jetzt!

Coach Julius' Anhänger und Kurt untersuchten Makel und seine … Wo war denn die Wunde? Ich hatte doch gesehen, wie Kuff kuffs Schwert Makels Schuppenpanzer durchdrungen hatte! Hier war irgendwas faul! Warum war Makel meiner Frage ausgewichen? Oh, nein!

Das verhieß nichts Gutes! Vielleicht war er ja doch zum Monster mutiert.

Makel! Deine Wunde! Wo …

Welche Wunde?

Aber … Kuffkuffs Schwert hat dich doch aufgespießt!

Das war nur eine Finte! Leider ist das auch schon alles, was ich an Plan habe …

Ich verstand sofort. Makel lief Gefahr aufzufliegen und das würde keineswegs reibungslos verlaufen.

Ich bäumte mich in meinen Fesseln auf. Mit der Zunge stieß ich den Knebel nach vorne und spuckte. Ich hob den Kopf und schrie: »Feiglinge! Verräter! Widerwärtiger Abschaum! Ihr seid nicht mehr wert als Fliegenkot!« Ich riss an meinen Fesseln und trat mit den Füßen nach ein paar Blitzaugen in meiner Nähe. Ein paar Blitzaugen stürmten auf mich zu und ich rammte einem von ihnen mein Knie in den Bauch und wieder einem anderen verpasste ich eine Kopfnuss. Dann rissen die Stoff-fesseln und ich war frei.

Jetzt achtete niemand mehr auf die am Boden liegende Riesenschlange. Alle Aufmerksamkeit galt nun mir!

Du hast gesagt, du bist nur die Schlange, weil du es willst! Dann wünsche ich mir jetzt, dass du etwas anderes sein willst! Ein Käfer zum Beispiel! Flieh!

Da begann auch schon der Schlangenleib zu beben und zu schrumpfen. Ganz klamm und heimlich wurde aus der riesigen Schlange ein kleiner Marienkäfer.

Danke, Lyca! … Und jetzt hau ich euch da raus!

»NEEEEEIN!!! Hau ab!«, schrie ich und merkte zu spät, dass ich laut gerufen hatte. Schon drehten sich einige in Makels Richtung um und ihre Erkenntnis, dass die Schlange weg war, verwandelte sich in blankes Entsetzen.

Ich wurde wieder gefesselt. Ich war zu gelähmt, um mich zu wehren.

Hau ab! Renn oder flieg weg, so lange du noch kannst!, sendete ich, äußerst sorgsam darauf bedacht, die Worte nicht laut auszusprechen.

Ich sah, dass Makel zögerte und dann krabbelte er im Eiltempo los, aber zu spät. Man hatte ihn bemerkt und sofort waren sie auf Verfolgungsjagd. Kuff kuff holte zu meinem Entsetzen eine Kettenpeitsche, deren einzelne Glieder aus Mytrill bestanden. Er schleuderte die Peitsche und traf Makel mit einem flüchtigen Hieb. Makels Gestalt flatterte und er schien ein kleines Stück zu wachsen, um dann wieder in die Marienkäferform zu schlüpfen. Allerdings war der Hieb für einen kleinen Marienkäfer so hart, dass er in die Luft katapultiert wurde, wo der nächste Peitschenhieb auf ihn wartete.

Diesmal flatterte seine Gestalt nicht nur. Der Marienkäfer wurde so groß wie ein Chihuahua und seine Flügel wurden so hell, dass sie fast rosa schienen. Die Punkte und sein Kopf wurden hautfarben. Auch war sein Gesicht nun nicht mehr der kleine unförmige Kopf, sondern der Kopf von Makel, den ich schon kannte. Einige der Beine verabschiedeten sich.

Ein weiterer Peitschenhieb. Diesmal wuchsen seine übrigen vier Beine zu normalen menschlichen Armen und Beinen. Auch seine Größe war nun normal. Die Flügel auf seinem Rücken wurden flockig, fast so wie Wolken, und die Punkte und die rosa Färbung verschwanden. Die Flügel schimmerten leicht perlmuttfarben. Noch ein Hieb von der Peitsche und er wäre wohl wieder ganz der Alte. Stattdessen wurde er umkreist und in Mytrill-Ketten gelegt. Anscheinend genügte es ihnen, wenn Makel immerhin so gut wie normal war.

Ich konnte allerdings keinen Blick mehr auf ihn erhaschen, weil mir die Blitzaugen die Sicht versperrten. Sie führten ihn wohl nach draußen, weil sich die Traube aus Blitzaugen auf den Ausgang zubewegte. Plötzlich hörte ich einen entzückten Ausruf. Ich sah nach oben und erblickte Natalie und ihre Gang. Natalie plinkerte allerliebst mit den Augenlidern und hatte den Kopf auf die Hände gestützt.

»So süß… einfach zum Anbeißen …«, hörte ich sie laut träumen, während die Mädchen um sie herum heftig nickten. Ich bemerkte außerdem, dass sich in der Nähe der Traube keine weiblichen Blitzaugen mehr befanden, weil diese alle mit verwirrender Verträumtheit dem »Abführungs-Komitee« hinterherblickten. Also konnte ich es ausschließen, dass Makel zum Monster mutiert war. Allerdings schien seine seltsame Anziehungskraft sich verheerend gesteigert zu haben. Ich bemerkte einen Stich in meiner Magengrube. Ein Stich der Eifersucht! Makel war mein Freund! Wieso hatte ich ihn nicht als Erste sehen können und wie konnten diese langhalsigen Gänse mit den großen Glubschaugen es wagen, ihm hinterherzustarren.

Ich wollte zu ihm! Mein Makel! Ganz alleine meiner!!!

Mit einem kleinen Ruck erkannte ich, dass seine Anziehungskraft auch mich erwischt hatte und ich hatte ihn nicht einmal gesehen!

Dann schaltete sich mein Kopf ab und ich kämpfte gegen den harten Griff von Coach Julius an, der mich mit grimmiger Miene festhielt.

Zu meiner Erleichterung ging er schließlich auch mit mir zum Ausgang und der Traube hinterher. Chez und Kuffkuff, der Chez festhielt, schlossen sich uns an. Anscheinend liefen wir auf den Wald zu, aber da mein Gehirn abgeschaltet war, erkannte ich den Weg nicht. Ich registrierte gar nichts. Nada! Nix! Da rief mich Makels Gedanke wieder zur Vernunft.

Lyca! Sie bringen mich zur Grotte! Da steht ein riesiger Glaskäfig umgeben von einem Mytrill-Gitter! Es gibt nur eine Luftzufuhr und die ist mit einem Mytrill-Filter verbunden! Hier gibt es kein Entkommen, Lyca! Ich …

Dann war er weg.

Makel? Makel!, rief ich, aber mir wurde klar, was passiert war. Sie hatten Makel in den Käfig gesteckt.

Jetzt erkannte ich auch wieder den Weg. Abgefallene Blätter knirschten unter meinen stolpernden Schritten und die teilweise kahlen, teilweise von Nadeln gefüllten Bäume ließen ihre Äste beben.

Ein Igelkugelbaum rollte seine Äste zu kleinen Ballen. Die kleinen Igelkugelknollen, die er vor gar nicht allzu langer Zeit fallen gelassen hatte, entrollten sich und gaben die Samen, die auf ihren Bäuchen klebten, frei. Die stacheligen Rücken der Knollen hatten ihren Dienst getan und sie geschützt, bis sie reif waren.

Ich entdeckte auch eine Kastanie, die nach ähnlichem Prinzip funktionierte. Auch sah ich einen Kirschdornbaum. Jede Nadel an diesem Baum war tödlich, aber die blutroten Früchte, die immer zu dritt an einem Stängel hingen, waren so köstlich, dass manch einer die Gefahr einfach ignorierte. Jetzt waren die Kirschen alle von Vögeln gefressen, von Menschen gepflückt oder vom Wind auf den Boden geweht worden und die Stacheln wurden von einem pelzigen kälteresistenten Pflaum bedeckt.

Im Großen und Ganzen machte sich der ganze Wald für den kommenden Winter bereit.

Schweigend betrachtete ich den Waldrand, wo sich kleine Krabbeltierchen und größere Waldtierchen flüchteten und einen Winterschlupf suchten. Ein kleines Streifenhörnchen blieb auf dem Weg sitzen und blickte mich erwartungsvoll an, als würde es gleich sagen: »Hast du Nüsse?« Oh ... wie niedlich! Seine großen Augen glitzerten im spärlichen Licht des übrig gebliebenen Tages und es saß auf seinen Hinterbeinen. Die Nase hatte es in die Luft gestreckt und mit den kleinen Pfötchen griff es in der Luft herum. Als wir uns näherten, machte es einen Satz und war im nächsten Moment auch schon im Wald verschwunden. Schade ... ich hätte ihm gerne ein paar Nüsse geholt!

Das Reiben an meinen Handknöcheln holte mich in die Realität zurück. Nüsse holen? Wie denn bitte? Ich war ja schließlich gefesselt! Zwar war ich nicht geknebelt worden, aber es war immer noch schlimm genug!

Da waren wir auch schon am Ziel unserer »Reise«. Ich sah Makel, wie er da im Käfig saß. Er hielt mit seinen Händen die Füße fest oder ... Nein. Seine Hände und Füße waren fest mit einem Tau verknotet. Das musste eine ziemlich unbequeme Lage sein.

Makel sah komplett aus wie Makel. Nichts war anders. Allerdings ... Hatte er sich vorher etwa schon in eine Schlange oder einen Marienkäfer verwandeln können? Ich denke nicht ... Das war also neu ...

Makels Blick suchte traurig und verzweifelt die Umgebung ab und wieder spürte ich diese seltsame Anziehungskraft ...

Sein Blick traf den meinen und ich erblickte: Angst, Entsetzen und Traurigkeit ...

Ich öffnete leicht den Mund, weil ich jammern wollte. Sein Anblick war so erbärmlich.

Er kippte zur Seite um und schaffte es nicht, sich wieder aufzurichten. Erst jetzt fielen mir auch seine Anziehsachen auf, die in einem mehr als erbärmlichen Zustand waren. Außerdem waren es gar nicht seine richtigen Sachen. Er trug eine einfache dunkelbraune Baumwollhose mit Gummibund und ein zerlumptes weißes T-Shirt.

Coach Julius lachte, als er Makel sah. »Die Demütigung, die er verdient hat!«, lachte er. Ich funkelte ihn wütend an und stieß meine Schulter in seinen Bauch. Er japste erschrocken auf und fiel zu Boden, aber mehr half es auch nicht, weil ich sofort von den anderen Blitzaugen gepackt wurde.

Ich sah zu Makel und runzelte die Stirn. Er stand aufrecht. Die Taue lagen als Fetzen auf dem Boden. Wie hatte er das gemacht? Mit diesen Tauen hätte man mal ganz locker einen Riesen zuschnüren können! Riesen waren zwar schon längst ausgerottet, aber über ihre Muskelkraft gab es heutzutage immer noch Gerüchte ...

Coach Julius hatte es auch bemerkt und japste erschrocken auf. »Wie hat er sich befreit?«, schrie er. Makel sah auf. Dann blickte er hinunter auf die Fetzen des Taus und stupste es mit dem rechten Fuß einmal an.

Coach Julius ging an mir vorbei. Er sagte irgendwas und nahm sich ein Blasrohr mit Munition. Dann öffnete er eine kleine Klappe und blies. Er traf Makel im Nacken. Makels Hand schnellte nach hinten und plötzlich schwankte er. Ein Betäubungspfeil? Ich hoffte es!

Makel taumelte und stützte sich an der Glaswand ab. Seine Gestalt flimmerte und er ließ das Glas hastig los. Allerdings glitt er betäubt zu Boden.

War das etwa nicht Makels Gestalt? Hatte er sein Aussehen verändert? Warum und wie? Er war doch mit Mytrill-Ketten gefesselt gewesen! Vielleicht war es ja wegen mir ... Vielleicht wollte er nicht, dass ich die Wahrheit kannte!

Wie er wohl wirklich aussah?

Eine dunkle Ahnung überkam mich. Hatte er mich vielleicht doch angelogen? Ich erschauderte von diesen heftigen Zweifeln.

Coach Julius öffnete eine kleine Tür in dem Glas und eilte zu dem bewusstlosen Makel. Er gab Zeichen und redete, aber ich verstand ihn nicht. Ketten aus Mytrill wurden zu ihm gebracht. Was hatte Coach Julius vor? Ich hörte, wie die Ketten an Makels Gelenken befestigt wurden, und dann flüsterte Coach Julius: »Sehen wir doch mal, was du wirklich bist …« Und die Ketten rasselten kurz. Wieso konnte ich Coach Julius mit einem Mal verstehen? Die Antwort: Ohne es zu merken, waren meine Wachen und ich dem Käfig näher gekommen und jetzt standen wir direkt davor und ich hatte freie Sicht auf Makel.

Er lag zusammengekrümmt am Boden und seine Gestalt flackerte die ganze Zeit, aber es schien sich nichts zu ändern und dann war das Flackern auch schon weg.

Coach Julius runzelte die Stirn. »Eigentlich müssten wir doch jetzt die wahre Gestalt der Bestie sehen können …«, murmelte er, als eine Frau neben ihm erstaunt aufschrie. »Sir, Julius! Seht doch! Er hat Schuppen!« Schuppen? Das war doch auch seine wahre Gestalt vor der Verpuppung gewesen! Es hatte sich wirklich nichts verändert!

Coach Julius schüttelte den Kopf. »Dreht ihn um!«, bellte er seinen Befehl. Makel lag auf dem Rücken … Tatsächlich war ich noch nicht auf die Idee gekommen, dass das, was sich an Makel verändert hat, nicht nur auf seinem Rücken war.

Kuffkuff gehorchte und stieß Makel erst mit dem Fuß an, um ihn dann mit einem gezielten Tritt umzudrehen, und ich keuchte erschrocken. Sein Rücken war weiß. Das T-Shirt hing dort in Fetzen herab und sein Rücken glänzte. Es sah aus, als bestünde sein Rücken aus Federn. Schneeweißen Federn mit goldenem Rand.

Coach Julius war sich nicht zu fein dafür und packte Makels Rücken. Das waren ja tatsächlich Federn! Ich stellte fest, dass ich stutzte. War das alles? Diese kleinen Veränderungen und ansonsten blieb Makel so, wie er war?

Coach Julius war die Federveränderung wohl nicht genug und daher wühlte er in den Federn, bis er mit einem freudigen »Aha!« die Hand zurückzog. »Helft mir mal!«, rief er. Ein paar unentschlossene

Blitzaugen traten vor. Mir wurde der Blick versperrt und ich empfand plötzlich eine heftige Wut gegen diese Menschen!

Makel, WACH AUF!, schrie ich den Gedanken und ich spürte eine leichte Unruhe bei den Blitzaugen. »Er hat gezuckt! Wacht er auf?«, flüsterte eine Frau ängstlich. Es war dieselbe, die erkannt hatte, dass Makel Schuppen hatte. »Völlig unmöglich! Das ist das stärkste Betäubungsmittel, das es gibt! Es wird manchmal sogar als Gift verwendet, so gefährlich ist es!« Coach Julius schüttelte kurz den Kopf und machte weiter mit was auch immer.

Lyca?, fragte Makel zittrig und mir fiel ein Stein vom Herzen. **Du musst sofort die Augen öffnen und verhindern, was auch immer die gerade mit dir tun!,** sendete ich. Makel schickte Verwunderung. Dann knackte es und ich hörte seinen Schmerzensschrei in meinem Kopf.

Lyca ... sie ... mein Rücken! Was machen die mit mir?, schickte er schockiert und mit solcher Angst, dass ich selbst fast weinen musste. **Ich weiß es doch nicht, du etwa?,** schickte ich. Eine sehr lange Pause von ihm. **Hm ... ja ... kanns mir denken ...,** murmelte er dann telepathisch. Mir blieb ein Kloß im Hals stecken, aber zum Glück brauchte ich den Hals ja nicht, um in gedanklichen Kontakt mit Makel zu treten, sonst hätte ich jetzt nichts sagen können. Ich fragte ihn also: **Was kannst du dir denken?** Er brach den Kontakt abrupt ab und dann hörte ich die Blitzaugen schreien: »Er ist wach, er ist wach!« Oder: »Rette sich wer kann, das Monster lebt!«

»W... wie ist das möglich? D... du solltest doch ha... halb tot sein ...«, hörte ich Coach Julius stottern.

Als sich die Blitzaugen von Makel entfernten, sah ich, dass er sich aufgerichtet hatte. Er schwankte, aber ansonsten schien er wohlauf zu sein. Er erblickte die Mytrill-Kette an seinem Fußknöchel und öffnete den Mund zu einem stummen Schrei.

Er erblickte Coach Julius und heftete seine finsterste Miene auf ihn. Coach Julius war wie erstarrt.

Er schrie einen Befehl und sofort brachte man ihm eine Art Spritze. »Du hast es nicht anders gewollt!«, knurrte Coach Julius und umrundete Makel wie ein Löwe seine Beute.

»Warum tut ihr das? Ich habe doch gar nichts gemacht!«, schrie Makel und dann zuckte sein Kopf in unsere Richtung, aber er starrte ins Leere, als ob er etwas hinter uns beobachten würde. Ich drehte den Kopf und sah meine ehemaligen Mitschüler und Mitschülerinnen ankommen. Die Jungs wirkten wütend und verbissen, während die Mädchen glücklich und mit einem verliebten Grinsen um den Mund auf Makels Gefängnis zurannten. Kein Wunder, dass die Jungs Makel böse gesinnt waren!

Natalie kämpfte sich zwischen meinen Bewachern und mir durch und ich konnte mich aus ihren Griffen lösen. Das brachte zwar nicht viel, weil ich sofort wieder von ihnen ergriffen wurde, aber dadurch wurde mir erst richtig bewusst, was für eine Macht Makel über die Mädels hatte. Natalie hatte mich unwissentlich befreit, wenn auch nur kurz. Wenn Makel sagen würde »Springt!«, dann würden sie fragen: »Wie hoch?«

Ich wusste allerdings auch, dass Makel sich erstens dieser Kraft nicht bewusst war und zweitens, wenn er es gewusst hätte, dass er es nicht hätte ausnutzen wollen.

Die Mädchen drückten ihre Nasen gegen die Scheibe und zwischen die Gitterstäbe und Coach Julius' Blitzaugen und die Jungs konnten sie nicht zurückhalten.

Makel starrte die Mädels ungläubig an, dann wandte er sich wieder zu Coach Julius, aber Coach Julius hatte den Moment genutzt und stieß ihm die Spritze in den Nacken. Makel schrie kurz auf, dann sackte er zusammen.

Coach Julius winkte eilig nach seinen Helfern. »Mehr Mytrill-Ketten!«, schrie er. Auf der Stelle kam Kuffkuff angerannt, mit schweren Mytrill-Ketten beladen. Coach Julius und er befestigten die Ketten an Makels anderem Fuß und an seinen Handgelenken. Alle Ketten befestigten sie an kleinen Verankerungen aus Mytrill im Boden.

Als sie sich entfernten, wachte Makel auch schon wieder auf. »Gerade rechtzeitig ...«, murmelte Coach Julius und winkte Kuffkuff zu sich, der jetzt einen großen Kasten aus Mytrill trug. Alle gingen raus, außer Kuffkuff, der den Kasten öffnete und ich roch es bis hierher. Es war Stinkfisch. Ich versteifte mich und schaffte es nicht, den Blick von diesem üblen Fisch zu wenden. Gleichzeitig sah ich immer noch Makel.

Makel taumelte einen Schritt zurück, bis sich die Ketten spannten, dann wurde sein Blick starr. Kuffkuff ahnte nicht, in welcher Gefahr er schwebte. Er holte den Teller mit dem Fisch aus dem Kasten und stellte ihn säuberlich hin, dann nahm er den Kasten und wollte sich gerade von dem Fisch entfernen, als Makel einen Satz nach vorne machte und die Ketten klirrend zerbarsten.

Seine Stärke hatte demnach auch nichts mit Magie zu tun.

Kuffkuff sprang taumelnd zurück. Ich sah immer noch wie erstarrt zu, als Makel den Fisch verschlang.

Kuffkuff war wie erstarrt, da fiel plötzlich die Glastür zu und Coach Julius schloss ab.

Als Kuffkuff merkte, dass er allein mit Makel eingeschlossen war, stieß er einen lauten Schrei aus und erregte damit Makels Aufmerksamkeit. Der Fisch war leer. Ich war wieder bewegungsfähig.

Kuffkuff rannte zur Tür und schlug mit den Fäusten darauf ein. Dann drehte er sich ängstlich um. Makel hatte seinen Blick auf Kuffkuff gerichtet, aber er rührte sich nicht vom Fleck. Doch Makel entsann sich bald, dass die Ketten futsch waren. Das Einzige, was davon noch an seinen Gelenken hing, waren die Mytrill-Schnallen, mit denen man die Mytrill-Ketten befestigt hatte.

Makel erhob sich also und ging auf Kuffkuff zu. Ganz langsam … Er hatte die Stirn gerunzelt, als er sich Kuffkuff näherte.

Kuffkuff war so beschäftigt damit, auf die unzerstörbare Tür einzuhauen, dass er nicht bemerkte, dass Makel näher kam.

Makel stand jetzt direkt hinter Kuffkuff. »Rikky?«, fragte Makel und Kuffkuff drehte sich mit wedelnden Armen um. Er schrie und Makel hob beschwichtigend die Hände. »Was ist denn los mit dir und wo sind wir hier überhaupt?« Makel war wirklich verwirrt.

»Monster!«, schrie Kuffkuff und Makel drehte sich entsetzt um. »Wo?«, fragte er ängstlich.

Kuffkuff rannte an dem Käfig entlang. »Du Monster!«, schrie er dann und Makel blickte verzweifelt in Kuff kuffs Richtung. »Ich verstehe dich nicht. Was ist hier los?«, fragte er. Dann ließ Makel den Blick schweifen und entdeckte schließlich Chez und mich.

»Hä? Warum werden Chez und Lyca denn gefangen gehalten? Haben sie irgendwas getan?«, fragte er und seine Stirn bekam tiefe Furchen. Danach fiel sein Blick auf seine Handgelenke. Wenn ich vorher gedacht hätte, dass Makel ein schlechter Schauspieler war, dann änderte ich spätestens jetzt meine Meinung. Es sah so aus, als würde sich Makel wirklich an nichts mehr erinnern. »Was um Himmels willen ist hier überhaupt los?«, schrie er plötzlich und fingerte an seinem Handgelenk herum, um die Schnallen abzubekommen.

Kuff kuff rannte immer noch an der Glaswand herum. »Monster! Lasst mich hier raus!«, rief er ununterbrochen und Makel fixierte ihn wieder mit einem verwirrten Blick.

»Was ist hier los?«, rief er und brach tatsächlich in Tränen aus. Mir stockte der Atem. Ich hatte plötzlich den furchtbaren Verdacht, dass Makel sich **wirklich** nicht mehr erinnern konnte.

Coach Julius neben mir lachte hämisch auf. Makel sah ihn und kam auf ihn zu. »Coach Julius? Was mache ich hier drinnen? Was ist hier los? Was ist denn passiert?«, fragte er und Coach Julius lachte. Makel zuckte zusammen. Dann wurde plötzlich Kuff kuffs Brüllen lauter und Makel drehte sich zu ihm um. Er hatte plötzlich ein Schwert in der Hand, mit dem er auf Makel zuraste. Makel schrie erschrocken auf und stolperte zur Seite.

»Coach Julius! Hilfe! Rikky dreht durch! Holen sie mich hier raus!«, schrie Makel und wich einem weiteren Schwerthieb unbeholfen aus.

Coach Julius lachte wieder. Makel drehte sich irritiert um und Kuff kuff rammte ihm das Schwert in die Brust, woraufhin Makel erschrocken aufschrie und das Schwert ungläubig anstarrte. Er sank zu Boden und ich versuchte, mich freizukämpfen.

»W… wieso?«, fragte Makel zittrig und schaute mit letzter Kraft zu Kuff kuff auf.

»Monster! Du bist ein Na'aim!«, zischte Kuff kuff und ruckte das

Schwert noch einmal heftig in seine Brust und ich stieß einen entsetzten Schrei aus.

Ich weinte schon wieder, aber Makel sah noch immer zu Kuff kuff auf. Er lebte noch immer.

Er schüttelte den Kopf. »Hä? Aber wie bin ich ... hierhergekommen?«, fragte er dann, als würde das Schwert in seiner Brust nicht existieren und Coach Julius blickte plötzlich sehr finster.

Makel erblickte das Schwert in seiner Brust. »Oh ...«, murmelte er und stand auf. Kuff kuff ließ den Schwertknauf los und entfernte sich hastig. Makel ergriff den Knauf und zog das Schwert aus seiner Brust. Da war nichts ... Keine noch so kleine Wunde. Nur das T-Shirt war durchtrennt.

Die Mytrill-Schnallen fielen plötzlich auch von seinen Gelenken und Coach Julius keuchte verwirrt auf. Ihm war nicht klar, wie Makel so etwas hatte vollbringen können.

Makel sah Kuff kuff, der nach wie vor zurückwich. »Bist du jetzt zufrieden?«, wandte sich Makel aber stattdessen an Coach Julius. Hatte ich irgendwas verpasst?

Anscheinend, denn die Situation war mir komisch und plötzlich wurde sie immer komischer. Wo war ich denn überhaupt und was machte Makel da im Käfig? Warum starrte Coach Julius Makel so entsetzt an und warum rannte Kuff kuff an der Glaswand herum?

Warum wurde ich überhaupt festgehalten? Was war denn überhaupt los? Ich war total verzweifelt. Ich befand mich wohl in einer Art Albtraum ... Nur wie konnte ich daraus erwachen.

»Was ist los?«, fragte ich also und plötzlich starrten mich alle an. »Was? Darf ich nicht mal fragen? Was ist denn überhaupt los?« Ihre Blicke wurden noch ungläubiger.

Makel sah mich schockiert an und ich wich ein wenig zurück, wobei ich von diesen mir unbekannten Blitzaugen festgehalten wurde.

»Hey! Lasst mich los! Ich habe gar nichts gemacht!«, rief ich und entriss ihnen meinen rechten Arm. Entsetzt stolperten sie zurück.

»Lyca?«, fragte Makel von drinnen. Ich verstand die Welt nicht mehr. Wieso starrten mich plötzlich alle an, als sei ich ein Zyklop mit Giftzähnen?

»Erinnerst du dich denn nicht?«, wollte Makel wissen. Ich verstand nicht, worauf er hinauswollte. »An was erinnern?«, fragte ich und plötzlich stoben alle Blitzaugen auseinander und rannten, als ginge es um ihr Leben. Ich wurde hastig losgelassen und ging auf Makel zu. Er war zwar hinter einer Glaswand mit Mytrill-Gitter, aber er war der Einzige außer Chez, der nicht wegrannte, und mit Chez hatte ich ja schließlich nichts am Hut!

»Was ist hier denn los?«, fragte ich ihn. »Du hast eine Dosis Vergessensgeruch in die Nase bekommen ...«, sagte er dann. Ich überlegte. Das Letzte, woran ich mich erinnern konnte, war, dass Makel gesund an Kurts Zimmerfenster stand ... Aber ... Ich wusste nicht, wann ich den Duft eingeatmet hatte, aber ich erinnerte mich an einen Duft nach vergammeltem Fisch und ich erstarrte.

»Ich verstehe nicht ganz ...«, gab ich dann zu.

»Die Dosis, die du eingeatmet hast, war wohl nicht so viel und hat daher erst später gewirkt als bei mir, aber trotzdem hat sie gewirkt und das ist eigentlich unmöglich, weil ...« Er brach ab, aber ich war zu neugierig. »Weil was?«, fragte ich und plötzlich erinnerte ich mich an ein paar Sachen. Makel, Chez und ich gemeinsam in einem Raum. Hektisch diskutierend.

»Weil du ... Keine Na'aim bist ...«, sagte Makel dann und plötzlich kamen alle Erinnerungen zurück.

Ich erinnerte mich auch wieder an die N'A-Stunden und plötzlich war mir klar, was Makel meinte. Ein uralter Vergessenszauber nur für Na'aim. Man legte den Zauber auf eine Duftnote, der kein Na'aim widerstehen konnte, und wenn der Na'aim den Duft dann einatmete, vergaß er alles, was er an Erinnerungen über das Na'aim-Dasein hatte ... Jetzt fragte ich mich auch, weshalb Coach Julius den Zauber nicht schon früher verwendet hatte, um Makels Identität zu lüften, aber die Lösung war mir in der nächsten Sekunde auch schon klar. Sobald Makel auch nur einmal das Wort Na'aim gehört hätte, so würde er sich wieder erinnern, so wie ich es gerade tat.

Nur eine Frage war da immer noch ... Wenn der Zauber nur auf Na'aim wirkte, wieso hatte er dann auf mich reagiert?

Die Antwort kam schneller, als mir lieb war. Die Grotte! Als Makel und ich in der Falle gesessen hatten, war ich in das Wasser der Grotte gefallen und Makel hatte mich hervorgeholt ... Ich hatte die Luft erst gar nicht angehalten! Ich war einfach davon ausgegangen, dass Makel mich noch rechtzeitig aus dem Wasser geholt hatte und ich daher keine ernsten Schäden davontrug, aber in Wahrheit ...

Ich sah Makel direkt in die Augen und er schaute mir direkt in die Augen. Die Augen waren die Fenster zur Seele und das hatte ich erst begriffen, nachdem ich Makel ähnlich genug war, ihm meine Fenster zu öffnen. Unsere mentale Verbindung ... Beruhte die etwa auch darauf oder darauf, dass es eine Nebenwirkung von dem Na'aim-Bannkreis war?

Plötzlich schossen mir unendliche Fragen durch den Kopf mit einer kleinen Antwort, die doch alles offenbarte: Ich war auch eine Na'aim!

Anscheinend war Makels und meine Liebe auf mehr als nur verwandten Seelen aufgebaut.

»Ich ...«, flüsterte ich und Makel lächelte mir aufmunternd zu.

»Vielleicht wegen dem mentalen Kontakt zwischen uns beiden ... Vielleicht warst du deshalb betroffen von ...«, sagte er, doch ich unterbrach ihn. Was hatte es für einen Sinn, wirre Vermutungen anzustellen, wenn man sich doch sowieso irgendwann der Wahrheit stellen musste.

»Die Grotte ...«, sagte ich und er sah mich verständnislos an. »Versteh ich nicht ...«, murmelte er und ich nickte. »Ich bin reingefallen ... ins Wasser ...«, sagte ich dann und sah ihm wieder direkt in seine Augen, die sich nun weiteten, als er begriff.

»Du bist ...« Er schluckte. Neben mir runzelte Chez die Stirn. »Ihr meint also, dass Lyca ... Oh Scheiße!«, rief Chez. Hinten an der Glaswand zitterte Kuffkuff. »Makel ... wir müssen dich jetzt da rausholen!«, sagte ich entschieden und ging auf die Tür zu.

Makel folgte mir parallel. Ich blinzelte kurz. »Wenn ich ziehe und du drückst ...«, begann ich und er nickte. Er hatte schon verstanden.

Ich zog also am Türgriff und ein Kribbeln lief mir über den Rücken, während Makel sich gegen die Tür stemmte.

Es knirschte und knackte und plötzlich riss die Tür aus den Mytrill-Angeln. Die Tür krachte mir entgegen und ich stemmte meine gesamte Kraft dagegen, damit ich nicht von ihr zerquetscht wurde.

Makel schob die Tür zur Seite und krachend fiel sie neben mich auf den Boden. Nun stand Makel vor mir, ohne dass es noch ein weiteres Hindernis gab, und ich stürzte mich auf ihn und umarmte ihn so heftig, dass er nach hinten gerissen wurde.

Chez lachte kurz belustigt auf. »Wir sollten erst einmal abhauen, dann könnt ihr zwei machen, was ihr wollt!«, rief er. Makel und ich erröteten und standen auf. Chez lächelte noch einmal und winkte uns dann zu sich. Wir gingen zu ihm und ließen das Glas-Mytrill-Gefängnis hinter uns. Welch eine Aufregung!

»Endlich wieder frei!«, rief Makel und streckte sich. Hinter uns kam Kuff kuff hervorgeschossen, der huschend Richtung Blitzaugenhochschule verschwand. Nun hatte Kuff kuff nicht nur einen Na'aim und zwei Verräter, sondern zwei Na'aim und einen Verräter in der Klasse gehabt!

So schnell konnte es gehen! Vom Verräter zum Monster ... Ich hatte ja in letzter Zeit wirklich enormes Glück!

Da fiel mir doch glatt noch etwas ein ... Makels und meine Mütter ... alias Ijesabell und Dorelis ... Wer war jetzt das Kind von wem? Klar! Dorelis war eine Na'aim, aber Makel und ich waren ja beide Na'aim, was die Vermutung nahelegte, dass Ijesabell auch eine Na'aim war ... Da fiel mir noch eine Sache ein, die ich das letzte Mal übersehen hatte ... Kurt hatte gesagt, dass es die letzten Wünsche von Makels Mutter waren, dass niemand wüsste, wer ihres und welches Dorelis' Kind war ... Makels Mutter ... In Kurts Geschichte, gab es aber nur eine Person, die starb, und das war nicht Dorelis, sondern Makels Mutter, Ijesabell!

Ich schrie und Makel und Chez zuckten zusammen. »Was ist denn los?«, fragte Chez dann. Ich war unfähig zu antworten. Wenn Makels Mutter also Ijesabell war, dann war meine Mutter ... Ich schrie noch einmal. Dann war meine Mutter Dorelis!

Ich bekam einen richtigen Schreikrampf. Das war ja noch schlimmer, als ich gedacht hatte. Anders gesagt hatte jeder von uns nur noch ein Elternteil. Makels Vater Barkan Ahok, der berühmte Na'aim-Künstler, und meine Mutter Dorelis, alias Doris. Ein Schauer lief mir über den Rücken und der Schreikrampf gewann noch mehr an Kraft.

Makel und Chez redeten wohl beruhigend auf mich ein, aber meine Augen waren vor Entsetzen geweitet und ich hörte sie kaum.

Lyca? Ist alles in Ordnung? Ist irgendwas?, fragte mich Makel schließlich mental und mein Schreikrampf endete abrupt. Wie sollte ich das Makel erklären? Ich … ich liebte ihn doch! Sollte ich es ihm sagen und seine Liebe riskieren oder es ihm nicht sagen und so sein Vertrauen missbrauchen? Ich brach also in Tränen aus und blinzelte ihn aus dem nassen Schleier entgegen. Ich wollte wenigstens einmal in meinem Leben etwas richtig machen und deshalb würde ich ihn nicht anlügen.

Es ist wegen unseren Eltern …, schickte ich ihm mit einer Portion Traurigkeit. Er blinzelte verwirrt und verblüfft. »Was ist mit ihnen?«, fragte er laut und Chez' Gesichtsausdruck verzog sich zu einem: »Hä?«

Zwei sind tot …, schickte ich als Erstes. In Makels Augen erschienen Tränen. »Wie meinst du das?«, fragte er. **Deine Mutter und mein Vater … Die sind tot … Dein Vater und meine Mutter … Die leben noch …,** erklärte ich. Jetzt nickte er.

Ich weiß auch, wer unsere Eltern waren und sind, nur den Namen meines verstorbenen Vaters kenne ich nicht …, fuhr ich fort. Er wirkte verwirrt. »Woher kennst du sie und … wieso ist es dir gerade jetzt eingefallen? Wusstest du es vorher schon?«, fragte er.

Erst als wir dich schon vergraben hatten, hat Kurt mir gesagt, dass er unsere Eltern kannte …, schickte ich. »Kurt?« Makel wirkte nun wirklich verwirrt. **Er hat deiner Mutter aber geschworen, dass er ihre Identität und die meiner Mutter nicht verrät, bevor … deine Mutter gestorben ist … Woran, weiß ich nicht, nur dass … dass mir eben erst klar geworden ist, welcher der beiden Namen, die ich herausgefunden habe, der deiner Mutter war … Ijesabell**

... die Geliebte von Barkan Ahok, deinem Vater ... Ich stockte und Makel blickte mich weinend an. »Meine ... Mutter? Ijesabell?«, fragte er und Chez runzelte die Stirn. »Wie das Bild von diesem ... Barkan Ahok?«, fragte er. »Mein ... Vater ...«, stammelte Makel und Chez' Augen wurden größer. »Oh ... Aber seine Frau ist doch schon länger ... Oh ...« Chez verstummte und ich konnte es nicht länger aufschieben ... Jetzt würde die schreckliche Wahrheit ans Licht kommen.

Kapitel 7

Ich atmete tief durch. **Der Mann, der deine Mutter als kleine Schwester adoptiert hatte, war mein Vater …,** sagte ich, glücklich, noch nicht alles sagen zu müssen. Makels Gesicht aber hellte sich auf. »Dann sind wir ja schon so was wie füreinander bestimmt!«, schloss er. Ich schüttelte den Kopf. **Aber meine Mutter …** Ich konnte den Gedanken nicht fertig denken. Es war zu schrecklich und so verstummte ich und natürlich merkte Makel sofort, dass irgendwas mit mir nicht stimmte. **Was ist mit deiner Mutter?,** fragte er mental, weil er wohl nicht wollte, dass Chez das mitbekam.

»So! Da hab ich euch gefunden!«, hörten wir eine zischende Stimme und drehten die Köpfe. Ich schrie. Vor uns stand meine Mutter.

Dorelis lächelte böse. »Also bist du **doch** ein Na'aim … Und ich hatte schon gezweifelt …« Dorelis lachte, dann wurde ihre finstere Fratze ernst. »So, so … Makel, Lyca und Chez … Und das Ganze nur wegen einem kleinen Sprung ins kalte Wasser!« Ihr Lächeln war unerträglich.

Makel baute sich vor ihr auf. »Was willst du?«, fauchte er und es war richtig unheimlich. Ich musste mich erst aus meiner Starre rütteln, um zu ihm zu schreiten und ihn zurückzuhalten. Er sah mich fragend an und ich konnte nicht länger warten. **Das ist es, was ich dir hatte sagen wollen … Dorelis ist … meine Mutter …** Ich sah ihm direkt ins Gesicht und er sah mich fassungslos an. Dann schaute er zu Dorelis und dann wieder zu mir.

Er holte tief Luft. **Das ist mir doch egal!,** rief er dann mental und ich konnte einfach nicht anders. Ich umarmte ihn ganz fest. Dorelis verstand anscheinend die Welt nicht mehr.

»Was ist denn hier los?«, fauchte sie und Makel und ich sahen gleichzeitig zu ihr. Es war mir auch egal, dass Dorelis meine Mutter war! Ich hasste diese Frau abgrundtief!

Chez stellte sich neben uns. »Was denken Sie wohl? Ein Pärchen sind die, das ist hier los!«, verkündete er hilfsbereit und Dorelis wirkte total vor den Kopf gestoßen.

»Aber Makel ist ein Na'aim und sie ... «, begann Dorelis. Ich wollte nicht so lange dastehen und Dorelis' Gehirn rattern lassen, bis sie von selbst auf die Möglichkeit kam. Sie wusste ja schließlich auch nicht, dass ich ihre Tochter war. Wahrscheinlich dachte sie, dass Makel ihr Sohn war, was ja nun total falsch war!

»Auch!«, rief ich deshalb und Dorelis erstarrte. »Auch?«, fragte sie verwirrt und dann brüllte sie wütend. »Ijesabell, diese Schlampe!« Makel war empört. »Wie redest du über meine Mutter!«, schrie er erzürnt. Dorelis erstarrte.

»Das heißt also, dass ... « Ihr Blick traf den meinen und somit auf Abscheu und Erkenntnis. Sie lachte. »So, so ... Nun wenn das so ist ... « Sie zuckte die Schultern und lachte noch einmal.

»Hab ich irgendeinen Witz verpasst?«, fragte Chez uns, aber Makel und ich hatten immer noch unsere Blicke auf Dorelis fokussiert.

»Was machst du hier?«, fauchte ich wütend. Meine Stimme war der von Dorelis plötzlich so ähnlich, dass es mich selbst erschreckte und Chez erst recht. Makel machte es nichts aus und Dorelis zog eine Schnute.

»Na ... wenn das mal nicht Beweis genug ist ... «, brummte sie. »Steck dir deinen Beweis doch wer weiß wohin!«, zischte Makel plötzlich. Dorelis lachte. »Du hast tatsächlich einiges von Ijesabell geerbt ... Dass mir das nicht eher aufgefallen ist. Aber genau wie sie wirst auch du sterben!« Dorelis lachte böse und wurde zu einer riesigen Landschlange mit unheimlich langen und scharfen Giftzähnen, die zischelnd weiterlachte.

Makel veränderte ebenfalls seine Gestalt und neben mir war plötzlich ein riesiges Monster, das nur aus Federn zu bestehen schien, aber gefährliche lange Krallen aufblitzen ließ.

Die Giftschlange lachte immer noch. »Wilsssst du michhhhh mit dieeeeesem Feeeeeellknäul aufhaaaaaalten?«, zischelte sie. Makel knurrte. Die Federn legten sich enger und wurden zu weißen Schuppen. Er hatte auch ledrige weiße Flügel und einen langen Hals mit einem riesigen gehörnten Kopf und einem riesigen mit Stacheln besetzten Schwanz, der unentwegt hin und her peitschte. Aus seinen Nüstern kamen Rauchkringel. Makel hatte sich in einen gigantischen weißen Drachen verwandelt.

Die Dorelis-Schlange verschluckte sich an ihrem eigenen Lachen und rang röchelnd nach Luft.

Makel knurrte wieder. »Wenn du auch nur einen Versuch machst, Chez, Lyca oder mich zu töten, dann lade ich dich zu einer kleinen Grillfeier ein!«, fauchte er und stieß eine kleine Flamme aus, um zu zeigen, dass er es durchaus ernst meinte.

»Du bisssst genausssssso ein Narrrrr, wie deine Mutteeeeer es waaaaaaar!«, zischte Dorelis, nachdem sie wieder Luft bekam. Makels Drachenmiene wurde hart. »Du hast sie umgebracht!«, fauchte er plötzlich und stieß eine riesige züngelnde Flamme aus, die sich genüsslich in Dorelis' Richtung leckte.

Dorelis wich schockiert zurück. »Essss blieeeeeb mir niiiiiichtsssss anderessssss übrichhhhhh! Sieeeee wollteeeee mich hindeeeeeeern, die Propheeeeezeiuuuuung zu erfülleeeeeen!« Dorelis kringelte sich verängstigt zusammen.

»Oh, oh ... Mache niemals Makel wütend ...«, hauchte Chez neben mir. Ich starrte die verängstigte Dorelis an. »Welche Prophezeiung?«, fragte ich verwirrt. Dorelis hob den Kopf und sah erst mich dann Makel an. Sie wurde kleiner, bis sie wieder menschlich aussah. »Aber ja doch ... Das muss es sein ... Ich dachte nur ... Dass ich vielleicht die Tochter ... Aber ... Nein! Ich ... bin nicht die Tochter ... Es ist eine alte Legende ... Jetzt erkenne ich, dass sie nicht auf mich bezogen ist: ›Es kommt der Tag, da kommt einer, der ist anders und der wird uns erretten und befreien, doch ist er nicht auf unserer Seite. Er wird der erste Sohn einer toten Mutter sein und er erfüllt das Schicksal, das uns unsren Namen verlieh, denn sterben wird er nie! Doch lockt ihn der Tod mit zarten Lippen, ein Kuss und sie sind vereint. Ihr Weg führt zu der einen Mutter und der Tochter der Tochter der Mutter in ihrer Zukunft. Die letzten Überlebenden von zwei Arten und doch gehören sie zu keiner, denn ihr Schicksal ist die Zeit und die ewige

Unendlichkeit!‹ Das hat nichts mit mir zu tun … sondern mit euch!« Dorelis schniefte. »Aber natürlich! Makel ist zwar ein Na'aim … aber doch irgendwie anders … Ijesabell ist tot! Sie ist die tote Mutter! Ich dachte, das wäre auf die Mutter von Drenn bezogen … Lycas Vater … aber nein! Weiter weiß ich allerdings auch nicht … Außer, dass es da noch irgendwie um Mutter und Tochter geht und … Ich war ja so dumm!« Dorelis weinte plötzlich.

Mein Vater hieß Drenn? Oh!

Chez starrte Dorelis verwirrt an. »Ich glaube, ich bin zu doof dafür … Was hat das mit Lycas Vater zu tun und warum dachtest du, dass dich das was angeht?«, fragte er. Dorelis blinzelte. »Vielleicht irre ich mich ja jetzt auch, aber darf ich davon ausgehen, dass Chez es nicht weiß?«, fragte Dorelis. Ich zögerte kurz, dann nickte ich und Dorelis lächelte traurig. Dann wandte sie sich wieder an Chez.

»Wenn es etwas mit Lycas Vater zu tun gehabt hätte, dann hätte es auch etwas mit mir zu tun gehabt, denn ich bin ja schließlich ihre Mutter!«, sagte sie also. Chez' Kinnlade klappte herunter.

Makel neben mir war nun auch wieder normal. Auch sein Rücken war nicht mehr fedrig.

»Also wirst du uns jetzt in Ruhe lassen?«, fragte Makel. Dorelis nickte weinend. »Oh … Ich war ja soooo dumm! Ich habe Ijesabell … Dabei war sie doch meine beste Freundin … Und ich wollte euch … Es tut mir ja so schrecklich leid! Ich war nur so versessen auf die Prophezeiung …« Sie schüttelte den Kopf. Ich konnte gar nicht anders. Ich ging auf sie zu und umarmte sie. Es war das allererste Mal in meinem Leben, dass ich erfuhr, was mütterliche Zuneigung bedeutete.

»So schrecklich leid …«, murmelte sie. Dann ließ ich sie los. Ich lächelte halbherzig. »Wir müssen von hier weg, bevor sie uns hinterherkommen!«, sagte ich dann. Meine Mutter nickte. »Ich halte sie auf, solange ich kann!«, sagte sie und drehte sich um.

Ich ging zu Makel und Chez zurück. Makel nahm mich an der Hand und gemeinsam gingen wir in den Wald. Weit fort …

Hinter uns hörten wir vereinzelte Schreie und wir spürten den Erdboden beben. Das jagte mir Tränen in die Augen, doch wir liefen unermüdlich weiter. Bald kamen wir zu einer Menschensiedlung und machten davor Rast. »Wenn wir da reingehen, dann sieht jeder, dass wir Blitzaugen sind, und wenn dann jemand nach uns fragt …« Makel sprach den Gedanken nicht zu Ende. Ich betrachtete den Boden. Jetzt bedauerte ich, dass ich kein Make-up besaß.

»Könnt ihr eure Gestalt nicht einfach so ändern, dass das Tattoo weg ist?«, fragte Chez, woraufhin Makel das sofort versuchte, doch es klappte nicht. Und ich entsann mich, dass er sogar als Drache noch das Tattoo gehabt hatte.

Ich betrachtete den Boden mit plötzlich mehr Interesse. »Seht mal! Die Erde hier!« Sie kamen und sahen mit mir den Boden an. »Na und?«, meinte Chez. Ich verdrehte die Augen. »Schau genauer hin, was siehst du?«, fragte ich. »Erde …«, meinte Makel. Ich unterbrach ihn. »Das perfekte ökologischste Make-up, das es gibt!«, rief ich und Chez lachte, als sei es ein Scherz. Allerdings verstummte er, als er meinen Gesichtsausdruck sah. Er hatte wirklich geglaubt, dass ich scherzen würde!

Es dauerte nun eine Weile, doch bald waren unsere Tattoos so mit Erde bedeckt, dass sie eine Art hautfarbige Kruste bildeten. Wenn niemand uns genau ansehen würde, dann würde es auch niemandem auffallen! Es war fast perfekt bis auf das Jucken und wenn wir zu sehr daran kratzen würden, dann würde die Erde abbröckeln, doch vorübergehend war es optimal!

Wir machten uns also auf den Weg in die Siedlung.

Sehr viele Menschen waren da, die hastig ihren Aufgaben nachgingen. Es war ein hektischer Alltag und die Ochsenkarren behinderten dauernd irgendwelche kleinen Karren. Wir waren in einer ziemlich großen Siedlung gelandet.

Wir mischten uns also unter die normalen Menschen. Plötzlich ertönte direkt über uns ein lautes Piepen. Alle Menschen sahen hoch.

»Dies ist eine Notmeldung! In der Blitzaugenhochschule nahe der alten Grotte gab es einen Monsterskandal! Zwei Na'aim und ein Verräter entkamen! Der Coach dieser Schule will nichts über die Identität sagen, allerdings fürchtet er um die Sicherheit der Bevölkerung!« Der

Nachrichtensprecher auf der riesigen Anzeigetafel nickte bedächtig. Dann verschwand die Anzeigetafel in einem magischen Plop. Magie wurde wirklich missbraucht!

Die Menschen brachen in Panik aus. Einige schrien: »Wir sind verloren!« Andere wiederum schrien einfach nur, ohne dass sie sich irgendwelcher Worte bedienten.

Makel, Chez und ich sahen uns an. Wir mussten uns schnell eine Unterkunft suchen, aber noch schneller mussten wir aus dieser Siedlung verschwinden!

Also atmeten wir tief durch und stürzten uns durch das Getümmel. Wir hasteten durch die Straßen, auf denen schreiende Menschen durcheinanderrannten, bis hinüber zum anderen Ende der Siedlung.

Wir verzogen uns in den Wald. »Das war knapp ...«, hauchte Makel. Ich nickte. Chez hechelte von der Anstrengung wie ein Hund.

Wir hörten ein Rauschen und blickten nach oben, wo ein fliegender Teppich davonflog. Es gab zwei bekannte Arten von Magie. Die eine war die Kampf- und Abwehrmagie. Die andere war die Informationsmagie. Warum wusste niemand, aber es war nun einmal so. Daher gab es auch so viele Reporter und Zauber, wie der Anzeigetafel-Zauber vorhin. Der fliegende Teppich war ein Fortbewegungsmittel für eben jene Reporter. Reporter konnten zwar eine Schlagzeile fünfzig Meilen gegen den Wind riechen, aber nicht orten. Wenn die Reporter uns nun aber finden würden, dann würde es sehr schlecht für uns werden!

Wir verzogen uns noch weiter in den Wald, wo die Bäume dichter standen. Plötzlich wehte ein lauer Wind. Es war Herbst ... Bald würde es Winter sein. Mit dem Winter war nicht zu spaßen. Wir mussten wirklich bald einen Unterschlupf finden.

»Wo könnten wir hingehen?«, fragte ich laut. Makel runzelte die Stirn. Dann erhellte sich seine Miene. »Wir könnten doch meinen Vater suchen gehen!«, schlug Makel vor. Jetzt runzelte ich die Stirn. »Ja, schon, doch wir wissen ja gar nicht, wo er wohnt! Außerdem brauchen wir den Unterschlupf so bald wie möglich!«, erklärte ich. »Stimmt auch wieder ...«, meinte Makel niedergeschlagen.

Plötzlich sprang Chez auf. »Gehen wir zu Onkelchen!«, rief er und die Idee war überhaupt nicht abwegig. Wir wussten ja, wo Chez' Onkel wohnte, und außerdem hatte der ja auch keinen Grund uns wegzuschicken!

Makel und ich nickten gleichzeitig und so machten wir uns auf den Weg zu Chez' Onkel Oskar, den alle Welt nur Onkelchen nannte. Aus welchem Grund auch immer.

Wir kamen sehr gut voran und so waren wir innerhalb der nächsten zwei Tage auch schon am Ziel unserer Reise: das Haus von Onkel Oskar. Es war größer, als ich gedacht hatte. Das Haus war wie ein Würfel und hatte kein einziges Fenster, nur eine große Glas Luke am Dach. Der Garten war ein von Gras überwachsener Urwald. Es gab einen kleinen Kieselweg zur Tür des Hauses. Auf dem waren wir nun zur Tür gekommen und Chez hob den schweren Türklopfer und klopfte dreimal, wobei mir jeder Klopfer in den Ohren hämmerte.

Mit einem Quietschen öffnete sich die Tür und ein älterer Mann, der sehr groß war, erschien im Türrahmen. »Onkelchen!«, rief Chez und Onkel Oskar öffnete die Tür ganz. »Chez! Und zwei andere Besucher! Kommt doch rein!« Schweigend folgten wir Chez' Onkel in einen geräumigen Raum, wobei ich die Tür hinter mir schloss, weil ich als Letzte eintrat.

Oskar zeigte auf ein großes braunes Sofa. »Setzt euch doch, ich hole derweil ein wenig Tee!« Wir setzten uns und Oskar verschwand kurz, um etwas später mit einem Tablett wieder zu erscheinen. Auf dem Tablett standen eine Thermoskanne, vier Tassen und eine Schale mit Keksen.

Oskar stellte das Tablett auf einen kleinen Tisch vor dem Sofa, auf dem wir saßen, und setzte sich uns gegenüber in einen braunen Sessel.

»Nun … Ich bin schon etwas neugierig … Weshalb sucht ihr mich auf?« Onkel Oskar musterte Makel und mich und das bereitete mir irgendwie Unbehagen. Zum Glück ergriff Chez das Wort. »Onkelchen, das sind Makel und Lyca, Freunde von mir! Wir wollten dich fragen, ob wir vielleicht den Winter über bei dir bleiben können.«

»Den Winter über bei mir bleiben können ... So, so ... Wieso seid ihr denn nicht einfach auf der Blitzaugenhochschule geblieben?« Onkelchen wirkte mit einem Mal sehr ernst.

»Es gab da ... Komplikationen!«, meinte Chez. »Komplikationen ... So, so ... Was denn für welche?« Oskar war wohl sehr scharfsinnig, denn er steuerte auf genau das zu, was wir zu umschiffen versucht hatten.

Sollen wir es ihm sagen?, fragte ich Makel. Makel runzelte die Stirn. **Ich weiß nicht, aber bald bleibt uns nichts anderes übrig ...,** meinte er.

»Es gab Probleme mit Monstern ...«, meinte Chez gerade. »So, so ... Monsterprobleme ... Solche Probleme, wie die, in denen ihr gerade drinsteckt?«, fragte Onkelchen. Wir waren alle verwirrt und Chez brachte die Sache netterweise auf den Punkt, indem er »Hä?« sagte.

Plötzlich machte es »klack« und ich konnte mich nicht mehr bewegen. Wir waren mit Mytrill-Schnallen an das Sofa gefesselt. Das hatte Onkelchen also gemeint.

Chez war nicht gefesselt. Er sprang schockiert auf. »Aber Onkelchen ... was soll das?«, rief Chez. »Denkst du, ich höre keine Nachrichten? So, so ... Das sind ja wirklich zwei Prachtexemplare ...« Makel hatte wieder seinen Federrücken und die Schuppen und als ich an mir heruntersah, fiel mir auf, dass ich auch Schuppen hatte, nur dass meine eher golden am Rand waren.

Ich zappelte verzweifelt und riss an den Ketten. Makel neben mir starrte Oskar ungläubig an.

»Ein Monstersammler ...«, schnaufte er dann verächtlich und riss an den Ketten. »Und wir sind ihm auch noch in die Falle gelaufen ...«

Chez quiekte erschrocken auf. »Onkelchen! Das wirst du doch nicht tun! Das sind doch meine Freunde!«, rief er. Oskar schnaubte nur abfällig.

»Monster sind nur in einer Sammlung gut!«, hauchte er und strich über meinen schuppigen Arm.

Dann holte er aus einer kleinen Tasche ein Stethoskop und horchte Makels Brustkorb ab. »Wie schon gesagt ... es sind Prachtexemplare!«, hauchte er dann. Ich rüttelte wieder verzweifelt an der Kette. Das durfte doch einfach nicht wahr sein!

»Aber Onkelchen ... Du hast doch schon Na'aim in deiner Sammlung!«, protestierte Chez. Oskar lachte. »So, so ... Du weißt nicht, dass es nicht echt war! Na'aim waren so selten und gefährlich, dass der Preis eines erlegten Na'aim einfach zu hoch war ... So, so ... Dann laufen mir zwei echte Prachtexemplare in die Falle. Selbst wenn ich schon einen echten Na'aim in meiner Sammlung hätte ... Solche zwei Exemplare bringen einen mehr als guten Preis! So, so ... « Oskar nickte bedächtig und packte mein Gesicht. Er drehte es hin und her, dann hob er meine Lippe, um meine Zähne zu betrachten. Einem plötzlichen Instinkt folgend schlug ich meine Zähne in den Finger, doch es war nur Plastik.

Oskar lächelte. Er ließ den Plastikfinger in seiner Hand fallen. »Wirklich zwei Prachtexemplare!«, lächelte er und ich begann zu knurren. Plastik schmeckte nicht besonders gut.

Oskar ging einfach zu Makel und leuchtete mit einer Taschenlampe in Makels Augen, worauf Makel sofort die Augen schloss. Oskar ließ aber nicht locker. Er hob Makels Augenlider und leuchtete wieder mit der Taschenlampe hinein, wobei Makel begann, sich vor Schmerz zu winden. Plötzlich machte es einen Schlag und Makel war in der anderen Ecke des Raumes und fauchte wütend. Von seinen Gelenken baumelten schon wieder nur die Schnallen, aber dieses Mal war sein Rücken federfrei ... Die Federn breiteten sich entlang seiner Schultern zu riesigen Flügeln aus ... Flügel? Genau das, was Kurt gesagt hatte! Makel hatte keine Federn auf dem Rücken, sondern auf seinen Flügeln, die aus seinen Schultern hervorwuchsen!

Oskar stolperte schockiert zurück. »Aber wie ... Flügel?« Er pfiff die Luft pfeifend aus. Er hatte wohl weder damit gerechnet, dass Makel sich befreien kann, noch hatte er mit Flügeln gerechnet.

Es machte »zeng« und Makel war an die Ecke gefesselt, und zwar mit kräftigeren Ketten als zuvor. Die Ketten strafften sich, bis Makel sich nicht mehr rühren konnte. Nun ging Oskar wieder auf Makel zu. Chez und ich starrten Makel perplex an.

Nun untersuchte Oskar auch Makels Flügel. »So, so ... Äußerst interessant ... Ich wusste gar nicht, dass Na'aim auch Flügel haben können, wenn sie sich nicht verwandeln ...« Makel schlug mit den Flügeln, aber er war so eng an der Wand, dass sie nur leicht vibrieren konnten.

Oskar lachte. »So, so ... Das sind nun **wirklich** zwei Prachtexemplare!«

Nun löste sich Chez wieder aus seiner Starre. »Onkelchen, das darfst du nicht! Bitte, bitte! Makel ist doch auch nur ein Lebewesen und ... Lyca auch!« Ich war ein wenig sauer über Chez' Zögern, aber immerhin setzte er sich für uns ein.

Das erinnerte Oskar daran, dass Chez ja auch noch da war. »So, so ... Du bist also immer noch der Meinung, dass die zwei nicht in eine Sammlung gehören?«, fragte Oskar. Chez nickte bestimmt. »Ja und ich möchte, dass du sie jetzt bitte wieder freilässt!«, forderte er. Oskar lachte. »So, so ... Und warum?«

Darauf hatte Chez eine Antwort. »Weil sie meine Freunde sind!« Oskar dachte nach. »So, so ... Na und?« Das versetzte Chez einen Stich ins Herz.

»Sie sind doch auch nichts anderes als normale Menschen!«, rief er dann. Oskars Miene wurde finster. »So, so ... Du vergleichst also die menschliche Gattung mit dieser Monsterspezies ...«

»Nun ... Also ... Ich ...«, stotterte Chez.

Oskar ignorierte Chez und ging wieder zu mir. Er schob meinen Rücken so nach vorne, dass meine Brust auf meinen Knien lag und ich mich nicht dagegen wehren konnte. Er tastete meinen Rücken ab. »So, so ... Zwar flügellos, aber mit Knochenüberwuchs an den Schultern ... Irgendwann wird sie bestimmt auch Flügel ausbilden ... So, so ... Interessant ...« Er ließ mich wieder los und ich streckte den Rücken vorsichtig durch. Meinte Oskar damit, dass ich mich auch verpuppen würde wie Makel?

Er ging wieder zu Makel und achtete gar nicht auf Chez' Protest. Er betätigte einen Knopf und die Ecke drehte sich, bis Makel nicht mehr zu sehen war. Er war in einer Geheimtür gefangen. Oskar drückte gegen die Wand und eine Öffnung erschien, durch die er hindurchging.

Makel!, rief ich. **Lyca ... Es ist gruselig! Ich bin in einem Raum voller Skalpelle und ... ich habe Angst ...**, sagte Makel und seine Gedanken zitterten. Ich schrie. »Makel! Nein, nein, nein! Er darf nicht! Skalpelle! Nein!«, rief ich und zitterte selber. Chez neben mir brach in Schweiß und Tränen aus. Er stemmte sich gegen die Wand, doch es nützte nichts und ich konnte ihm nicht helfen, weil ich mich ja nicht einmal bewegen konnte.

Lyca ... Ultraschall ... Er will mich komplett untersuchen! Komplett!, rief Makel da. Das war ja zum Glück nicht so schlimm, wie wenn Oskar die Skalpelle verwenden wollte, doch es war schlimm genug!

»**Holt mich hier raus!**«, schrie Makel plötzlich in Gedanken und in der Realität. »Bist du wohl still!«, hörte ich Oskar zetern.

Chez erstarrte. »Onkelchen! Du darfst das nicht!«, rief Chez verzweifelt. Ich stemmte mich gegen die Ketten, doch es half nichts.

»**Rechte Tasche, linke Tasche! Chez, dein Onkelchen, das ist ’ne Flasche!**«, rief Makel plötzlich und ich konnte gar nicht anders, als in Gelächter auszubrechen.

»Zum Teufel, halt die Klappe!«, hörte ich Oskar fluchen.

Anscheinend wollte Makel Oskar zur Weißglut bringen. Ich musste so stark lachen, dass ich mich verschluckte und ich verkrampfte mich, während ich zu husten begann und mit einem plötzlichen »Peng« die Ketten gesprengt waren. Ich musste nicht mehr husten. Hatte Makel das gewollt? Dass ich vor lauter Lachen die Kette sprenge? Vielleicht ...

»**Lass mich in Ruhe, Nussknacker!**«, schrie Makel. Ich verstand ihn manchmal wirklich nicht. »Halt die Schnauze, du Dämon!«, befahl Oskar, doch Makel war ja kein Dämon und musste daher auch nicht gehorchen.

»**Lass die Haarspalterei, lass mich frei! Und zwar SOFORT!!!**«, rief Makel und dann hörte ich etwas klirren. Ich hörte ein Rascheln und Rauschen, aber Makel war verstummt. »Dummes Vieh ...«, beschwerte sich Oskar. Nun war es genug! Was hatte dieser verrückte Monstersammler mit meinem Makel gemacht? Ich würde es herausfinden. Ich rannte auf die Wand zu und Chez sprang mir hastig aus dem Weg. Ich prallte gegen die Wand und hindurch. Ich sah Makel, wie er gefesselt und bewusstlos auf dem Operationstisch lag. Oskar starrte mich verblüfft an.

»So, so? Aber wie ...«, begann er. Ich stürzte mich auf Makel und schützte ihn mit meinem Körper. In diesem Moment konnte ich mich nicht mehr bewegen. Ich war unfähig, auch nur mit dem Auge zu blinzeln. Und ich sah ein Licht, das sich rasend ausbreitete und Makel und mich einhüllte. Dann war es komplett um uns herum und es wurde dunkel.

»Lyca? Makel? Nicht schon wieder!«, hörte ich Chez' Stimme ganz deutlich neben uns, aber ich konnte nichts machen.

»Ich weiß, dass ihr mich hört ... Wenn euch vielleicht nicht klar ist, was gerade passiert ist ... Ihr habt euch verpuppt ... Makel? Warum du denn auch schon wieder? Wir werden es in drei Tagen erfahren ...« Chez seufzte.

Verpuppt? Makel und ich gemeinsam? Oh ... **Makel?**, fragte ich. **Lyca? Was ist passiert?**, fragte Makel. **Kokon ... Wir sind verpuppt!**, erwiderte ich niedergeschlagen. **Oh ... Dann kriegst du auch Flügel!**, meinte er dann. Ich hätte jetzt normalerweise die Stirn gerunzelt, aber das war mir einfach unmöglich. Ich spürte, wie mich eine bleierne Müdigkeit umfing.

Makel? Ich bin müde ..., flüsterte ich. Er schickte mir ein Kopfnicken. **Ganz natürlich ... Ich spüre es auch ... Lass dich einfach fallen ...**, murmelte er und ich folgte seinem Rat. Ich ließ die weltlichen Sorgen ziehen ... Warum war das eigentlich wichtig, dass wir aßen oder tranken? Alles erschien mir plötzlich unlogisch, außer der Schlaf, dem ich unaufhaltsam entgegenglitt.

Ich träumte von der Welt ... Ich sah sie von oben ... Von weit, weit entfernt und es schien mir unlogisch, weshalb diese kleinen Menschen da unten sich nicht genauso loslösten, wie ich es tat. Sie arbeiteten und starben dann. Wo war denn da der Sinn?

Neben mir schwebte Makel. Er sah auch nach unten. **Ungeheuerlich, oder?,** fragte er und ich nickte. Wir sahen uns an, doch wir waren nicht wirklich da. Wir waren nur eine Illusion unserer selbst. Auch wir waren irgendwie an die Erde gefesselt.

Wie würden wir nur so abheben können? Da bräuchte man doch Flügel! Das war es ja … Wir träumten vom Fliegen. Hoch über den Wolken, wie wir es tun würden, wenn wir erst den Kokon verließen. Keine weltlichen Sorgen mehr. Nur ein befreites Fliegen. Und wie konnte man noch freier sein, als wenn man sich auch aussuchen konnte, in welcher Gestalt man dies tat.

Hier über den Wolken konnte ich ich selbst sein. Freiheit! Unendliche Freiheit und dann stürzte ich abrupt ab. Wurde von der Schwerkraft ergriffen und dem Boden entgegengeschleudert. Wurde in eine unfreie Form meiner selbst gestopft und erwachte.

Ich atmete zittrig. **Lyca? Bist du auch schon wach?,** fragte mich Makel ich nickte und wusste, dass er das Nicken auch sah. Unsere Augen sahen uns auch in der finstersten Finsternis. Das gehörte zu der Freiheit …

»Du bist wunderschön …«, flüsterte er und ich begriff, dass die Verpuppung abgeschlossen war. Ich drehte den Kopf und blinzelte verwundert. Zwei silberne Flügel zierten meinen Rücken. Die Flaumfedern schimmerten am hellsten und das äußerste Gefieder war am mattesten. Es sah einfach spektakulär aus. Versuchsweise flatterte ich ein wenig mit den Flügeln. Es war ein wunderbares Gefühl, das der Freiheit schon sehr nahe kam.

Dann sah ich Makel genauer an. Auch er hatte sich verändert. Besser gesagt seine Flügel. Sie waren golden, wobei die Flaumfedern wie bei mir die strahlenden und das Außengefieder das mattere war. Ich lächelte ihn an. »Du bist aber auch nicht schlecht!«, meinte ich. Auch er drehte den Kopf und betrachtete seine Flügel. »Oh …«, meinte er. Dann grinste er mich wieder an.

Dann sah er an die Decke. »Dein Kokon ist nicht so eng geworden wie meiner … Vielleicht, weil deine Haare länger waren als meine und jetzt …« Endlich merkte ich, was er meinte. Jetzt gingen mir meine Haare bis zur Hüfte. Der Pony war allerdings immer noch beständig.

Ich lächelte und legte die Flügel an. »Wir sollten jetzt hier raus!«, schlug ich vor. Makel nickte. Ich runzelte die Stirn. »Nur wie?«, fragte ich ihn. Er lächelte. »Flügel ausbreiten!« Und er breitete die Flügel aus und sie waren noch größer, als ich es mir je hätte erträumen können. Sie füllten den gesamten Kokon aus und waren sogar noch größer. Nun drückte er mit den Flügeln gegen die Außenwände. »Hilf mir!«, bat er. Ich breitete ebenfalls die Flügel aus und sie waren ebenfalls größer, als ich gedacht hatte. Sie waren zwar nicht so groß wie Makels, aber doch schon sehr groß.

Wir hörten ein Knacken und sofort falteten wir die Flügel zusammen. Da waren Rillen und Risse in dem Kokon. Ich ging auf einen zu und spähte hindurch. Vor mir stand ein aufgeregt mit den Händen fuchtelnder Chez. »Nicht rauskommen! Eine Falle! Onkelchen!«, rief er. Ich drehte mich zu Makel um.

Er nickte. »Können Ketten diese Flügel halten?«, fragte ich Makel. Er lächelte und schüttelte den Kopf. Ich überdachte das und kam zu dem Schluss, dass Makel immer und überall hätte fliehen können. Nur wir nicht und darauf hatte er Rücksicht genommen, doch Chez war nicht in Gefahr und ich war nun wie er.

»Fliegen?«, fragte ich ihn. »Auf drei!«, sagte er. »Eins!«, sagte ich. »Zwei!«, sagte er. »Drei!«, riefen wir gemeinsam, breiteten die Flügel aus und erhoben uns. Wir brachen durch die Oberseite des Kokons und entfernten uns ein wenig voneinander, um die Flügel richtig entfalten zu können.

Chez starrte uns ungläubig an. Auf der anderen Seite des Kokons stand ein riesiger Käfig. Man hatte den Kokon natürlich nach draußen gerollt! Drinnen war ja gar nicht genug Platz dafür.

Oskar starrte uns ebenfalls ungläubig an. Wir hatten unsere Flügel noch immer nicht vollkommen entfaltet und das taten wir jetzt. Ein großes Spektrum von Farben bildete sich in der Luft um uns herum, als die Sonnenstrahlen von unseren Flügeln reflektiert wurden.

Wir waren frei und wir beschlossen im selben Moment, uns diese

Freiheit für später aufzuheben, indem wir uns in unser früheres Selbst verwandelten. Während sich die Flügel zurückbildeten, landeten wir auf Chez' Seite des Kokons.

Wir waren nun wieder vollkommen normal ... Fast! In Wirklichkeit waren wir immer noch geflügelt.

»Wow ...«, hauchte Chez. Ich sah Makel an und der zog eine Grimasse. »Kein Kommentar.«, sagte er.

»Das war ja unglaublich! Ihr seid geflogen! Und dann die Flügel! Boa, ey! Wie krass ist das denn? Ich hab gedacht, ich bin gestorben, weil ich euch erst mit Engeln verwechselt hab!«, schrie Chez dann trotzdem und trat etwas unsicher auf uns zu.

Makel verdrehte die Augen. »Und er macht es trotzdem! Komm her, Chez, du alte Labertasche!«, rief Makel dann. Ich musste unwillkürlich grinsen. Chez kam nun selbstsicher auf uns zu und knuffte Makel in die Seite. »Also ein Engel bist du darin ganz bestimmt nicht geworden, dafür bist du immer noch viel zu egozentrisch!« Chez lachte.

Ich runzelte die Stirn. »Weißt du überhaupt, was egozentrisch heißt?«, fragte ich ihn. Chez zuckte die Schultern. Ich verdrehte die Augen. Also hatte sich diese Eigenschaft von Chez auf Makel abgefärbt. Ich habe es ja immer gewusst! Chez war eben kein guter Einfluss auf Makel! Einfach so mit Fremdwörtern durch die Gegend werfen, ohne die Bedeutung zu kennen ... Wenn man Glück hatte, dann wusste auch der Gesprächspartner die Bedeutung nicht, aber wenn man Pech hatte, dann kannte der Gesprächspartner die Bedeutung und die konnte manchmal ziemlich fehl am Platz sein. ZIEMLICH fehl am Platz sein! Die Jungs hatten echt Glück, dass ich mich nicht auf Fremdwörter spezialisiert hatte! Tja, mein Pech!

Makel und Chez fingen an zu lachen über irgendeinen Witz, den ich wohl mal wieder verpasst hatte.

Ich überdachte die Situation. »Chez? Wie sieht das jetzt überhaupt mit deinem Onkel aus? Anscheinend hat er seine Meinung nicht geändert, oder?«, fragte ich. Chez' Lachen brach augenblicklich ab. Er seufzte. »Es wurde sogar noch schlimmer! Ich denke, wir sollten jetzt besser abhauen, bevor noch irgendwas ernsthaft schiefgehen kann.«, seufzte er.

Makel runzelte die Stirn. »Was denn?«, fragte er. Es tat einen gewaltigen Schlag und wir waren von einem engmaschigen Mytrill-Netz gefangen. Ich schnaubte. »Ich würde mal sagen, so was …«

Ich spürte, wie meine Tarnung sich legte und meine Flügel wieder zum Vorschein kamen. Die Flügel! Ich sah zu Makel. Er schüttelte kaum merklich den Kopf. Es war zu riskant, wegen Chez!

»So, so … Ihr denkt, ihr könnt die Fliege machen? So, so …«, murmelte Oskar und umrundete das Netz. Er zerrte an dem einen Ende und das Netz zog sich fester zusammen. Ich wurde mit voller Wucht auf Makels Brust gequetscht. Chez wurde gegen Makels Seite gepresst. Wir konnten uns kein bisschen rühren. Das war gar nicht gut. »Keine … Luft …«, keuchte Chez. Ich war verwirrt. Klar, es war eng hier drinnen, so eng, dass wir uns nicht einmal bewegen konnten, aber keine Luft? Nein, atmen ging prima!

Chez schien anscheinend aber wirklich keine Luft mehr zu bekommen. Woran das bloß lag? »Lfthhh … khahineh …«, hauchte Chez wieder. Makel sah mich an. »Chez erstickt …«, flüsterte er und ich hatte schon im nächsten Moment begriffen. Ich nickte, was sehr schwer war, wo es doch so eng war. Im nächsten Moment drückten unsere Flügel auch schon gegen das Mytrill-Netz und die Maschen drückten sich nach außen, bis sie zersprangen.

Chez, der nur von dem Netz gehalten worden war, sank nach Luft schnappend zu Boden.

»Mein Netz!«, rief Oskar erschrocken. »Onkelchen … du … hättest mich fast … getötet …«, hechelte Chez. Oskar schüttelte den Kopf. »Dein Bauch war nicht außen am Netz und ich habe es so zugezogen, dass noch genug Platz zum Atmen ist, soweit …« Oskar stockte und Makel verzog angeekelt das Gesicht. »Soweit das Fleisch nachgibt …«, knurrte er leise und vervollständigte damit Oskars Satz. Die Logik davon verstand ich nicht. Makels Haut war ja nicht aus Stein, oder so. Bei mir hatte es schließlich auch geklappt, wieso dann nicht auch bei Chez?

Chez verstand die Logik wohl ebenso wenig wie ich. »Ich … verstehe nicht …«, hauchte er. Er pumpte immer noch kräftig, um genug Luft in die Lungen zu bekommen.

»Die Schuppen … geben nicht nach …«, murmelte Makel und meine Augen weiteten sich. Klar doch! Ich streifte mit meiner Hand über meine andere und tatsächlich fühlte es sich an, als würde ich über einige glatte Kiesel streichen. Ganz eindeutig: Diese Schuppen gaben nicht so leicht nach wie Fleisch!

Da Chez der Einzige unter uns war, der keine Schuppen hatte, bekam er demnach auch alles ab. Das war nur logisch. Wie dumm von mir, dass ich da nicht selber drauf gekommen war!

»So, so … Faszinierend …«, murmelte Oskar und wich einen Schritt zurück. Chez aber stand hechelnd auf. Er hatte sich soweit erholt.

»Also … Wenn du uns nicht helfen möchtest, Onkelchen, dann sind wir dazu gezwungen, jetzt auf der Stelle zu gehen!«, sagte Chez und ging. Makel ging ebenfalls. Ich sah noch einmal zurück zu Chez' total verstört blickendem Onkel und drehte mich dann ebenfalls um, um zu gehen.

»Wartet! Chez! Bitte!«, rief Oskar plötzlich und wir drehten uns zu ihm um. »Was ist?«, fragte Chez sauer. »Ihr … könnt hier bleiben … Ich … schwöre, dass ich nichts tun werde, um euch irgendwie zu schaden, nur … Ich möchte nur ein wenig dokumentieren können … Bitte!« Oskar sank auf die Knie und faltete die Hände vor der Brust.

Makel war total verblüfft und ich selbst fühlte mich, als hätte er mir gerade ins Gesicht geboxt. Bei Chez war es sogar noch ein bisschen schlimmer: Sein Kiefer war aufgeklappt und seine Augen geweitet. Die Augenbrauen waren hochgezogen und seine Arme baumelten hilflos herab. Er war festgefroren wie eine Salzsäule. »Oh …«, brachte er dann hervor.

So kam es also dazu, dass wir beschlossen, bei Oskar zu bleiben. Wir würden ihm unsere gesamte Geschichte erzählen und er würde es sorgfältig protokollieren. Das war sehr interessant, denn er war dabei sehr gründlich. Oskar war darauf bedacht, keine noch so kleine Kleinigkeit auszulassen.

Als wir fertig erzählt hatten, nickte Oskar, schloss sein Notizbuch und legte es beiseite.

»Ich hätte nie gedacht ... dass ich einmal mit zwei Na'aim und Chez gemeinsam Kaffee trinken würde ...«, murmelte Oskar. Ich schielte in meine Tasse. Nein, da war eindeutig Tee drinnen. Ich beschloss, ihn darauf anzusprechen. »Äh ... Das ist doch Tee, Oskar!«, sagte ich. Oskar lachte. »Das ist eine Redensart und nenn mich bitte Onkelchen!«, sagte er. Ich lächelte verlegen. »I ... In Ordnung .... Onkelchen ...«, murmelte ich und betrachtete unangenehm berührt meinen Tee.

Ich hatte mich total zum Affen gemacht. Makel neben mir lächelte mich aufmunternd an.

Immerhin versucht er nicht mehr, uns auszustopfen!, hörte ich ihn. Ich wusste, dass es ein Witz war, aber irgendwie konnte ich nicht darüber lachen.

Ha, ha. Ich mach mir gleich ins Hemd vor Lachen, sendete ich ihm gleichgültig und merkte zu spät, dass Makel gerade einen großen Zug Tee aus seiner Tasse genommen hatte. Er verschluckte sich und begann zu husten.

Makel presste sich die Hand vor den Mund und hörte auf zu husten. Er nahm die Hand vom Mund. »Könnte ich bitte ein Taschentuch haben?«, fragte er kleinlaut. Jetzt hätte ich wirklich fast gelacht.

Onkelchen, ich ermahnte mich innerlich, ihn auch wirklich so zu nennen, reichte Makel eine Serviette. »Ist das auch in Ordnung?«, fragte er. Makel nickte und wischte seine Hand ab.

Ich fand das ganz schön fies von dir, Lyca!, sendete er mir tadelnd. Und ich lächelte ihn an. **Ich hab ja nicht gesehen, dass du gerade trinkst! Du hättest mich vorwarnen müssen!,** sendete ich. »Ha, ha.«, machte Makel ironisch. Onkelchen runzelte die Stirn. »Was ist denn los?«, fragte er. »Ach, nichts weiter ...«, brummte Makel. Ich lächelte in die Runde und Chez bekam einen richtigen Lachkrampf.

»Schon klar! Ha, ha! Nichts weiter! Ha, ha, ha!«, prustete er hervor. Makel verzog das Gesicht. **Oh, danke schön …**, sendete er mir. **Oh, bitte schön!**, schickte ich ihm.

Jetzt begann auch Makel zu lachen und ich stimmte mit ein. Onkelchen war der Einzige, der ziemlich dumm aus der Wäsche schaute und den Witz einfach nicht zu fassen bekam. Tja, er war ja auch erst neu zu unserer Gruppe dazugestoßen.

So verbrachten wir den Abend: lachend und Tee trinkend. So langsam taute Onkelchen richtig auf und stimmte in die Witze mit ein. Endlich hatte er begriffen, dass wir nicht bloß Monster, sondern auch richtige Lebewesen waren, die nicht zum Ausstopfen, sondern zum Leben da waren.

Spät in der Nacht waren Chez und Onkelchen sehr müde. Sie legten sich schlafen, aber Makel und ich waren nachtaktiv und daher wurden wir erst richtig wach.

»Ich habe Lust, die Gegend zu erkunden.«, flüsterte ich ihm zu. **Dann sollten wir das auch machen!**, meinte er und lächelte mich breit an. Ich nickte und wir schlichen uns aus dem Haus. Wir beschlossen, den Wald von oben zu erblicken und verwandelten uns daher in zwei Eulen. Gemeinsam flogen wir über den Wald und betrachteten die Landschaft unter uns. Es war wortwörtlich himmlisch!

Die Tannen und Birken und anderen Bäume sahen einfach fantastisch aus. Der Morgentau glitzerte schon auf ihren Zweigen im Mondlicht und die ganzen kleinen Waldtierchen huschten auf und zwischen den Bäumen hin und her. Ich erkannte ein paar Flinkhörnchen, die statt dem buschigen Schwanz der normalen Hörnchen eine Art ledrigen Schlangenschwanz besaßen, mit dem sie ihre Feinde würgen oder verjagen konnten. Dabei waren sie so flink, dass der Schwanz auch als Stütze oder Lenksegel bei großen Sprüngen benutzt wurde. Die kleinen Tierchen hatten ihren Namen wahrhaftig verdient!

In einer Welt voller Monster mussten sich auch die Nichtmonster anpassen, um zu überleben.

Was wäre bloß eine Welt ohne Monster? Gar nicht auszudenken! Wie viele Arten dann ihre angepassten Überlebensmaßnahmen nicht mehr benötigen würden? Vielleicht waren Monster gerade deshalb wichtig! Weil das Leben ohne sie zu leicht wäre! Wenn es so einfach war, sich Beeren aus dem Wald zu holen, dann würden all die Tiere und Menschen bald träge und fett werden!

Wer weiß … Vielleicht würden die Menschen sogar Zauberei einsetzen, um die Zivilisation zu stärken und so die Natur zurückzudrängen! Das wäre ja schrecklich!

Vielleicht hatte ich den Sinn der Existenz von Monstern erst dann begriffen, als ich selbst eins wurde, aber besser später als nie!

Makel und ich flogen eine Kurve. Die Morgendämmerung setzte ein und wir flogen zurück.

Als wir bei dem Haus waren, nahmen wir wieder unsere alten normalen Gestalten an und schlichen uns ins Haus. Die Sonne stieg immer höher, als würde sie an einer Leiter emporklettern, aber das war natürlich Unsinn.

Ich wurde auf einmal müde und legte mich aufs Sofa. Ich hörte einen Schlag und drehte müde den Kopf. Makel lag am Boden und atmete ruhig. Er war eingeschlafen und ich merkte, wie ich selbst auch ins Reich der Träume abglitt.

Ich entspannte mich und begann zu träumen. Ich träumte, dass ich wieder über den Wald flog. Es war ruhig … zu ruhig. Ich flog tiefer, um zu sehen, was los war. Ich erschrak. Ich erblickte fette Tiere und Menschen am Boden, die sich im Liegen Beeren und Nüsse in die Münder stopften. Kein Monster weit und breit und keiner der Bäume hatte Abwehrmaßnahmen gegen sie.

Ich landete. Da wurde der Waldboden unter meinen Füßen grau und starb ab. Rasend breitete sich das Grau aus und wurde zu einer Straße. Bäume fielen und wurden noch in ihrem Fall zu Asche, die vom Wind verweht wurde. Ich sah mich verzweifelt um. Häuser schossen aus dem Boden. Riesige Häuser und die Natur verblasste zu monotonem Grau. Die Menschen saßen in Kutschen, die vom Wind gezogen wurden und die Magie verlieh ihnen Macht. Mit einem Mal verklang die Magie. Die Menschen wurden wieder normal, doch sie hatten vergessen, was vor der grauen Stadt war. Sie erinnerten sich nicht an

Monster und an die Magie auch nicht. Sie nahmen das Werk ihrer Vorfahren einfach in die Hand und vergrauten auch den Rest der Welt. Machten sie zu einer riesigen Siedlung und kümmerten sich nicht um die zerstörte Natur. Dann, mit einem Schlag explodierte die Welt.

Ich erwachte mit einem Schrei. Chez und Onkelchen, die auf zwei Stühlen gesessen und sich unterhalten hatten, sahen zu mir. »Ist alles in Ordnung?«, fragte Chez. Ich nickte und versuchte, meine Angst hinunterzuschlucken.

Makel auf dem Boden blinzelte. Ich hatte ihn wohl geweckt. »Was ist denn los?«, fragte er. »Ich … ich hatte einen Albtraum … nichts weiter …«, murmelte ich.

»Ja, das ist uns auch aufgefallen und wir haben versucht, dich zurückzuholen, aber es hat alles nichts geholfen! Du bist nicht aufgewacht und du, Makel, auch nicht! Wisst ihr, wie lange ihr geschlafen habt?« Chez wirkte ganz aufgeregt. Ich wischte mir den Schlafsand aus den Augen und gähnte. Makel schüttelte für mich den Kopf, bevor er sich selbst ebenfalls die Augen rieb.

»Den ganzen Winter! Ihr habt den Winter verpennt!«, rief Chez. Mir stockte der Atem. »Der ganze …«, begann ich ungläubig. »Winter?!?!«, vollendete Makel entsetzt.

Onkelchen nickte. »Ich wusste auch nicht, dass Na'aim Winterschlaf halten!«, gab er zu.

Ich schluckte. »Was ist denn alles passiert?«, fragte Makel und setzte sich richtig auf.

»Nun … Die Reporter und Blitzaugen suchen überall … Sie haben Suchtrupps überall hingeschickt nur nicht hierher, weil sie ja wissen, dass ich auch ein Monstersammler bin und … nun ja … sie denken, ich würde euch nie helfen und doch habe ich das schlechte Gefühl, dass hier bald einer der Suchtrupps aufkreuzen wird …« Onkelchen stand auf und ging in die Küche. Er kam mit einer großen Platte zurück, die von einer großen Silberglocke abgedeckt wurde, und mir war schon im nächsten Moment klar, was darunter war.

»Nein!«, schrie ich und hielt mir die Nase zu, als Onkelchen die Glocke abnahm. Darunter lag Fisch. Er sah nicht so schlimm aus wie der Stinkfisch von der Blitzaugenschule, doch ich erkannte sehr wohl, dass er nicht mehr gut war.

Makel hatte nicht so schnell reagiert wie ich und musste den Geruch vom Fisch riechen. Ich sah weg. »Bääääh!«, hörte ich Makel rufen. Ich drehte den Kopf zu ihm. Makel hielt sich nicht die Nase zu und schien den Fisch abstoßend zu finden.

»Der riecht ja schlimmer als Chez' Käsefüße!«, rief er und hielt sich die Hand vor den Mund.

Chez und Onkelchen waren verblüfft, aber nicht so wie ich. Ich nahm die Hand von der Nase und bereute es sofort. »Puh! Das stinkt vielleicht!«, rief ich und presste mir die Hand wieder auf die Nase.

Onkelchen deckte die Glocke wieder über den Fisch und stellte die Platte auf den Tisch. Erleichtert atmeten sowohl Makel als auch ich auf.

»Komisch ... Der Fisch hat zwar gestunken ... aber doch nicht so stark und ... Wieso fandet ihr das ekelhaft?«, fragte Onkelchen. Makel zuckte die Schultern. »Ich bin nur froh drum, dass ich es ekelerregend fand, denn ansonsten hätte ich mich wieder darauf stürzen müssen und das, bäh, ist viel schlimmer, als es bloß zu riechen!«

Ich war ja auch glücklich, dass es so widerwärtig gerochen hatte, aber ich fand es dann doch ziemlich merkwürdig ... Wieso hatte der Instinkt versagt? Ich wusste keine Antwort darauf.

Chez hob die Glocke und roch. »Ja ... es stinkt, aber warum müsst ihr gleich übertreiben?«, fragte er.

»Wenigstens darauf weiß ich eine Antwort!«, sagte Onkelchen. Wir sahen zu ihm. »Euer Geruchssinn ist schärfer als der eines normalen Menschen oder eines Blitzauges ... Was trotzdem nicht eure Abneigung erklärt!«

Onkelchen runzelte die Stirn. »Wisst ihr ... Wir haben uns schon darauf vorbereitet, dass, wenn ihr erwacht, ihr vor lauter Hunger zu blutrünstigen Bestien werdet, aber dass ihr dann auch noch das Essen ablehnt ...« Chez schüttelte den Kopf.

Jetzt, wo er das sagte ... Ich war wirklich hungrig. Ich stand auf und ging in die Küche. Hier musste doch irgendwas sein ... Ich atmete tief ein und folgte einem guten Duft zu einem Regal. Ich öffnete eine

Schranktür und sah nach. Der Geruch stammte von einer anderen Platte, die noch dampfte. Ich nahm die Platte und stellte sie auf den Küchentisch. Ich hob die Glocke und schloss sie dann wieder. Ich blinzelte kurz und hob die Glocke noch einmal. Ich blinzelte wieder verwirrt.

»Makel?«, rief ich. Sofort kam Makel. Ich hatte die Glocke wieder geschlossen. »Was ist?«, fragte er. Ich hob die Glocke und er sah das Sauerkraut. »Oh …«, meinte er und holte tief Luft. »Das ist ja …« Ich nickte. Jetzt kamen auch Chez und Onkelchen in die Küche.

»Was ist denn los?«, fragte Onkelchen. Ich zeigte auf das Sauerkraut. »Dürfen wir das essen?«, fragte Makel für mich. Onkelchen blinzelte verwirrt. »Äh … Ja! Sicher …«, stotterte er. Chez' Gesichtsausdruck hellte sich auf. »Ha! Ich hab's gewusst! Die fiesen Zeiten sind vorbei! Jetzt geht's nur noch bergauf und ich glaub, ich weiß auch warum! Ihr seid keine richtigen Na'aim mehr! Kapiert ihr's? Ihr habt euch in dem zweiten Kokon beide von Na'aim in irgendwas anderes verwandelt! … Nur in was?«

Bei dampfendem Sauerkraut und einem Glas Wasser diskutierten wir unsere Lage und gelangten zu dem Schluss, dass Makel und ich nun irgendwas Neues waren … Wir einigten uns auch darauf, dass wir lieber die Fliege machen sollten, bevor die Presse oder die Blitzaugen von unserem Aufenthaltsort Wind bekamen. Deshalb packten wir zusammen, was wir brauchten, und das war nicht besonders viel.

Wir beschlossen, dass Makel und ich nicht in unserer normalen Gestalt herumlaufen konnten, und wurden daher zu zwei Pferden. Makel war schneeweiß und schimmerte silbern, wobei seine Mähne und sein Schweif blond waren und einen goldenen Schimmer hatten. Bei mir war es genau umgedreht.

Unser Fell um unsere Augen herum bedeckte die Tattoos und so waren wir perfekt getarnt. Chez stieg auf Makel auf und Onkelchen nahm auf meinem Rücken Platz.

Wir wussten, dass wir zu einem Ort gehen mussten, an dem unsere Gesichter unbekannt waren und der schon durchsucht worden war.

So zogen wir also genau Richtung Blitzaugenhochschule.

Kapitel 8

Ich hatte schon einige Angst, aber ich nahm meinen gesamten Mut zusammen und setzte einen Huf vor den anderen. Es musste funktionieren! Es musste einfach!

Die anderen Blitzaugen ebenso wie die Presse würden bestimmt denken, dass wir so weit weg wie möglich fliehen würden, doch wir kamen näher.

Ich schnaubte unruhig. **Wir schaffen das schon!,** schickte mir Makel und sah mich tröstend mit seinen großen Pferdeaugen an.

Wie gern hätte ich mich in ein kleines Krabbeltier verwandelt, mich in einem hohlen Baum versteckt und nie wieder das Tageslicht erblickt!

Ich habe Angst …, sendete ich Makel und Makel stupste mich tröstend an. Ich versuchte zu lächeln, aber das war in Pferdegestalt sehr schwer.

Wir liefen nicht über den Feldweg, sondern direkt durch das Dickicht der Bäume. Das sollte uns ein wenig vor neugierigen Blicken verbergen.

Nach einiger Zeit verfielen wir in Trab und unsere Hufe hämmerten auf den Boden und ließen ihn beben. Ich hatte das Gefühl, als würden wir verfolgt, und scheute aufgebracht. Onkelchens Hände verkrampften sich in meine Mähne und er versuchte, die Beine enger zusammenzupressen, dass er nicht abgeworfen wurde.

Ich sah, dass es bei Makel und Chez ähnlich war.

»Ganz ruhig ihr zwei! Was ist denn los?«, rief Chez. Makel preschte nach vorne ins tiefere Dickicht und ich folgte ihm so schnell ich konnte.

Hinter uns hörten wir einen Knall. Es war ein so lauter Knall und viel zu nah! Ich legte die Ohren an und ließ meine Hufe wirbeln. Schnaufend wechselte ich in Galopp.

Ich galoppierte gleichauf mit Makel und schnaufte vor Anstrengung. Trotz unserer Anstrengungen kam das Krachen immer näher. Ich sah nicht zurück, aber ich wusste, dass Bäume umfielen und auch alle anderen Tiere die Flucht ergriffen. Onkelchen schaffte es, sich ein wenig umzudrehen und schnappte nach Luft, was meine Vermutung mit Stempel und Wachsiegel bestätigte.

Wir versuchten, noch schneller zu werden, doch wir hatten schon Höchsttempo erreicht und das Krachen kam unaufhaltsam näher ... Ich hatte solche Angst ... Bestimmt würde ich durchdrehen, wenn ich dieser Angst länger als zehn Minuten ausgesetzt war. Solch eine Angst hatte ich noch nie. Es war ein Kribbeln in der Magengrube, als habe man mich mit einem Schwert durchbohrt, und mein Hirn hatte demonstrativ die Flucht ergriffen und sich in die hinterste Ecke meines Schädels verkrochen.

Meine pferdischen Instinkte übernahmen das Laufen, doch tief in mir drinnen wusste ich, dass ich keine Kontrolle mehr über mich selbst hatte. Ich war in die dunkelste Ecke meiner selbst gedrängt worden und irgendwas oder irgendwer hatte hinter mir die Tür ins Schloss geworfen und den Schlüssel fünfmal gedreht.

Ich war gefangen in meiner Angst und langsam wurde mir bewusst, welcher Art diese Angst war: Lebensangst!

Ich versuchte, mich aus meinem inneren Gefängnis freizukämpfen, doch ich hatte nicht genug Willenskraft und außerdem konnte ich in meinem derzeitigen Zustand keinen klaren Gedanken fassen. Oh ja, jetzt wusste ich, was der Begriff »Gefangener meiner Angst« bedeutete, und ich wünschte mir, ich hätte es lieber nicht herausgefunden.

Das Moos unter meinen Hufen wurde immer nachgiebiger und die Bäume führten uns zu einer weiten Lichtung, und als ich mit einem weiten Sprung auf der Lichtung landete, versanken meine Hufe mit einem Schmatzen im Boden. Dann hörte ich ein Schmatzen neben mir und wusste instinktiv, dass Makel jetzt auch da war.

Ich versuchte, die Hufe aus dem Boden zu ziehen, doch ich versank noch tiefer. Ich wieherte verängstigt. Wir waren in einem Moor gelandet und da würden wir jetzt nicht so leicht rauskommen.

Ein Moor gehörte zu den Verwandten von Treibsand mit dem Unterschied, dass Treibsand aus Sand war und dass man darin sogar schwimmen konnte und dass das Moor stattdessen aus Moos besteht und man darin unaufhaltsam sinkt, es sei denn, am Ufer sitzt jemand und zieht den Sinkenden mit einem starken Tau ans Ufer.

Ich war allerdings nicht zum Nachdenken aufgelegt, sondern in meiner blinden Angst trat ich um mich, warf den Kopf hin und her und landete schließlich auf der Seite in dem Moor. Makel neben mir war wie erstarrt. Er schien sich zu konzentrieren, aber ich wusste nicht, worauf.

Onkelchen fiel von meinem Rücken und schrie vor Schreck auf, während ich weiter um mich trat.

...yca ... ein ... efangen ... oor ... arten ... ilfe ... ommt ..., hörte ich Makels Stimme, wie sie von außen gegen die Tür aus Angst stieß. Ich erbebte am ganzen Leib und begann zu zittern. Ich erschlaffte und sank immer tiefer. Nur noch mein Kopf ragte aus dem Moor. Ich schloss die Augen. Ich drängte wieder gegen die Angst und streckte den Kopf halb aus der Tür.

Zu spät ..., sendete ich Makel, bevor ich von der Tür zurückprallte und sie sich scheppernd schloss. Mein Kopf versank im Moor.

Ich purzelte durch einen breiten Gang und verwandelte mich instinktiv in meine wahre Gestalt. Ich landete hart auf dem Hintern. Dann zog ich meine kleine Tasche, die an meinem Bein befestigt war, hervor und zog mir meine Sachen an. Ich faltete die Flügel ordentlich auf dem Rücken. Dann endlich sah ich mich um. Die Angst verflog noch in demselben Moment. Ich war alleine in einem großen Gewölbe. Über mir die Decke bestand aus dem Moor und der Boden ... der bestand aus Mytrill. Ebenso die Wände ... Wo war ich denn überhaupt gelandet? Neben mir landete Onkelchen und gab einen höchst fluchigen Fluch von sich. (Entschuldigt die Ausdrucksweise, es war eben kein passenderer Ausdruck in der Nähe.)

Dann hörte ich wieder ein Knirschen und sprang aus dem Weg, als Makel und Chez landeten. Makel verwandelte sich ebenfalls in seine wahre Gestalt. Ich betrachtete die Decke. Es tropfte ein wenig, aber es zeigte sich nicht einmal ein kleines Loch, wo wir durch das Moor gefallen waren.

Ich runzelte die Stirn. Hier war eindeutig Magie im Spiel. Ein normales Moor hätte uns verschlungen und zu lebendigem Dünger verarbeitet, statt uns in ein großes Mytrill-Gewölbe zu bringen.

»Lyca?«, fragte Makel. Ich sah zu ihm. Er hatte sich ebenfalls seine Sachen angezogen. »Ist alles in Ordnung mit dir?«

Ich zog die Mundwinkel hoch, aber meine Augen lächelten nicht mit. »Es ist schon alles gut … Ich hatte nur solche … Angst …«, murmelte ich.

Makel runzelte die Stirn. »Einen kurzen Augenblick hatte ich geglaubt, es hätte sich wieder eine Mauer zwischen uns gebildet … So wie früher.«, meinte er mit leidendem Gesichtsausdruck.

Eine Mauer? Na klar! Deshalb hatten Makel und ich auch nicht schon früher telepathischen Kontakt gehabt! Erst als die Mauer gefallen war. Aber wo kam diese Mauer denn überhaupt her? Ich wusste es. Ich selbst hatte mir diese Mauer gebaut! Zurückgezogen und alleine. Ich teilte niemandem meine Gefühle oder Meinungen mit. Immer war ich steinhart gewesen und hatte es noch nicht einmal selbst bemerkt! Jetzt wusste ich, wieso sich niemand mit mir abgab! Alles an mir war abweisend gewesen! Vom Gesichtsausdruck bis hin zu der Art und Weise, wie sich meine Zehen verkrampften, wenn sich mir jemand näherte.

Meine Aura war bestimmt wirklich eine Mauer gewesen! Makel dagegen … Er äußerte sich immer offen und seine Tollpatschigkeit machte ihn eben so nett und unschuldig, dass seine Aura wohl aussah wie ein aufgeschlagenes Buch! Als er dann auch noch einen Teil seiner Tollpatschigkeit einbüßte, da begann dieses Buch anscheinend auch noch zu strahlen! Daher rührte also seine seltsame Anziehungskraft.

Ich seufzte. Ach, hätte ich das nur früher erkannt, dann hätte ich mir einige Quälerei erspart und hätte vielleicht auch ein paar Freundschaften geschlossen, bevor ich erst als Verräterin und dann als Monster dargestellt wurde …

Nun, da gab es nur eins zu sagen: zu spät!

Man konnte es sowieso nicht mehr rückgängig machen und ehrlich gesagt: Ich wollte ja auch nicht die ehemalige Freundin von solchen Zimtzicken sein, wie es sie auf der Blitzaugen-Hochschule gab.

»Stimmt etwas nicht?«, fragte Makel. Ich schüttelte bekümmert den Kopf und rief mir meine aktuelle Lage in den Sinn. Ich hatte doch Freunde und jetzt hatte ich sogar einen richtigen festen Freund!

»Es geht schon. Aber wir sollten hier einen Ausweg finden ...«, sagte ich und machte mir selbst ein wenig Mut. Es war doch eigentlich alles Friede, Freude, Eierkuchen, das heißt, wenn man mal davon absah, dass wir auf der ganzen Welt gesucht wurden, weil wir die letzten Monster einer aussterbenden Rasse waren, in ein Moor eingesunken waren und last but not least in einem riesigen Mytrill-Gewölbe festsaßen.

Chez nickte in eine Richtung, links von mir. Ich sah hin. Da war ein riesiger Mytrill-Fels in einer Nische in der Wand eingeklemmt. Oberhalb des Felsens sah man einen Riss im Gestein. Anscheinend verbarg der Fels eine Spalte, die unter guten Umständen sogar nach draußen führen konnte.

Hinter mir hörte ich ein Knacken und zum ersten Mal sah ich mir den Boden nicht nur flüchtig an. Der Boden hatte viele weiße blanke Erhebungen und war dafür an niedrigen Stellen umso blau-röter. Blankes Mytrill hatte ich noch nie gesehen und die Wände bestanden aus gemischtem. Mytrill wurde nach dem Abbau immer mit Platin gemischt, wobei es dadurch zwar mehr wie Platin aussah, aber man konnte den feurigen Funken noch richtig spüren. Der Boden war aus blankem Mytrill, aber was waren diese weißen Erhebungen?

Ich bückte mich und berührte eine. Sofort bewegte sie sich. Es fühlte sich glatt an ... irgendwie abgeschliffen und mit einem Öl eingerieben, aber jetzt erkannte ich die Form. Das waren Knochen! Überall auf dem Boden lagen Knochen verstreut. Erschrocken zog ich meine Füße in die Luft und hielt mich mit den leicht schlagenden Flügeln über dem Boden.

Das waren alles tote Lebewesen! Wahrscheinlich verhungert oder verdurstet oder sie hatten sich gegenseitig aufgefressen ... Das war gruselig. Auf eben einen dieser Knochen war ich wohl getreten, woher das Knacken gekommen war.

Chez hatte das nicht bemerkt. Er war bereits zu dem Fels gegangen und Onkelchen folgte ihm gerade. Beide hatten das Geräusch und was danach war wohl einfach nicht mitbekommen, doch Makel hatte das sehr wohl.

Auch er war nun in der Luft und starrte die Knochen auf dem Boden ungläubig und entsetzt an.

Ich nahm seine Hand, weil meine so sehr zitterte und ich mich beruhigen wollte. Er war wie erstarrt. Nur seine Flügel schlugen gleichmäßig die Luft nach unten. Erst dachte ich, er hätte meine Hand nicht bemerkt, doch dann erwiderte er meinen Händedruck und ich merkte, dass auch seine Hand zitterte. Zwar nicht so wie meine, aber ich wusste, dass er sich wohl genauso vor den Kopf gestoßen fühlte wie ich.

Gemeinsam flogen wir langsam ebenfalls zu dem Felsen. Chez und Onkelchen stemmten sich bereits dagegen, doch der Fels rührte sich kein Stück. Schnaufend sank Onkelchen vor dem Fels auf den Boden, um sich auszuruhen. Chez tropfte der Schweiß über die Stirn, während er unnachgiebig weiter stemmte. Leider war der Fels noch unnachgiebiger. Chez war ja auch einfach drauflos gegangen. Er hatte gar nichts bewirkt und war nun ebenso fertig wie Onkelchen. Völlig undiszipliniert! Alleine konnten auch Makel und ich den Fels niemals schaffen, doch wir mussten hier raus und Onkelchen und Chez hatten ihre Kraftreserven aufgebraucht.

Was für Dummköpfe! Zu viert hätten wir es bestimmt ganz leicht gepackt.

Makel und ich stellten uns auf die Seite des Felsens und drückten die Hände auf das Mytrill. Wir landeten mit unseren Füßen, um besseren Halt zu haben, auf dem Boden. Mir standen die Nackenhärchen zu Berge, aber ich musste da durch, auch wenn ich dazu alle diese Knochen zu einer Treppe schichten müsste, um darauf in Freiheit zu klettern … Na ja, dieser Gedanke war dann doch etwas zu absurd!

Wir stemmten und es fühlte sich so leicht an … Also stemmte ich stärker. Der Fels blieb unbeeindruckt, aber Makel und ich auch. Wir stemmten noch stärker und es war noch immer so leicht, als würden wir ein riesiges Wattebäuschchen wegstemmen. Unsere Hände bildeten Vertiefungen in dem festen Mytrill-Stein und es war so leicht und flauschig … Ich drückte fester und mit einem Ächzen und Stöhnen zerbarst der Fels und seine Einzelteile zersprangen zu winzigen Mytrill-Kanonenkugeln, die gegen die Wände knallten.

Es tat einen Schlag und die Höhle begann zu beben. »Schnell! Wir müssen alle hier raus!«, schrie ich über den Lärm, als das Moor über uns nach unten zu sacken begann.

Makel hob das erschöpfte Onkelchen auf und rannte gemeinsam mit Chez in den Spalt. Ich folgte ihnen. Hinter uns bröselten die Mytrill-Steine von den Wänden und versperrten uns den Rückweg. Ich wusste, dass in diesem Moment das Moor auf dem Boden aufschlug und die ewig gelagerten Knochen verschlang.

Anscheinend hatte der Fels, den Makel und ich zerstört hatten, die Magie einverleibt bekommen, das Moor so lange zu halten, bis der Fels zerbarst, und das wäre wohl nie geschehen, wären nicht zufällig Makel und ich vorbeigekommen.

Ich begann meine neuen Kräfte wohl gerade erst richtig zu begreifen. Makel ging es anscheinend ebenso, denn er legte Onkelchen vorsichtig in der Dunkelheit ab und starrte dann auf seine Hände.

Das war noch so eine komische Sache … Ich konnte im Dunkel dieser Spalte sehen, obwohl es hier weit und breit keine Lichtquelle zu geben schien.

Ich beschloss, diese Gedanken auf später zu vertagen.

»Wir sollten einen Ausgang suchen!«, sagte ich daher. Makel nickte und Chez stöhnte erschöpft. »Kann das nicht bis morgen warten?«

Am liebsten hätte ich ihn gepackt und durchgeschüttelt, aber ich wurde von Onkelchens Schnarchen unterbrochen.

»Gudenachd …«, brummte Chez und schlief ebenfalls ein.

»Was ist denn los mit den beiden!«, rief ich empört. Makel runzelte die Stirn, dann schnupperte er in der Luft. »Schlafgas …«, brummte er.

Ich wusste zwar nicht genau, wie er das meinte, denn er und ich schliefen ja schließlich nicht ein, aber ich wusste, dass es nun an Makel und mir war, einen geeigneten Ausgang zu finden, und das möglichst schnell.

Ich schaute mich um und sah schließlich einen kleinen Tunnel. »Da ist bestimmt ein Ausgang!«, flüsterte ich. Langsam kletterte ich in den Gang und stellte fest, dass er hinter der Öffnung breiter und höher wurde, so dass man bequem aufrecht gehen oder sogar reiten könnte.

»Bring Chez und Onkelchen rüber!«, rief ich Makel zu. Kurz darauf schob er erst Onkelchen, dann Chez in den Tunnel und kletterte dann selbst hinein.

»Hier könnten wir ja sogar als Riesen durchpassen!«, rief Makel erfreut. »Vielleicht reicht auch Pferdegestalt.«, meinte ich und er schmunzelte.

Wir verwandelten uns und halfen dann dem jeweils anderen, Chez und Onkelchen auf unsere Rücken zu hieven.

Als sie endlich saßen, mussten wir sehr langsam und vorsichtig gehen, damit sie nicht herunterfielen und sich schwere Verletzungen zuzogen.

Der Weg war auch ansonsten sehr beschwerlich. Immer wieder lagen uns Steine im Weg.

Nach einiger Zeit sahen wir ein Licht. Vor uns im Gang war ein Ausgang.

Makel und ich sahen uns draußen um. In der Nähe gab es eine Siedlung und ich erkannte, dass es die gleiche war wie auf unserem Weg zu Onkelchen.

Wir beschlossen, die Siedlung zu umgehen.

Es wurde immer dunkler, während der Tag dahinsank. Langsam erwachten Chez und Onkelchen wieder.

»Ich hatte 'nen ganz durchgedrehten Traum …«, gähnte Chez. »Ich hab geträumt, wir wär'n in ein Moor gefallen und da war 'ne Höhle drunter und …« Chez schüttelte den Kopf. »Das war vielleicht ein kranker Traum …«

Onkelchen gähnte ebenfalls. »Habe ich etwas verpasst? So, so?«, fragte er.

Wir sagen lieber nichts, das würde sie nur beunruhigen!, sagte Makel und ich sendete ihm ein mentales Nicken.

Wir verfielen in ein schnelleres Schritttempo, da wir nicht mehr Gefahr liefen, dass Chez oder Onkelchen einfach von unseren Rücken kippten.

So trabten wir dahin. Es wurde immer dunkler, doch das machte Makel und mir nichts aus. Allerdings wurden Chez und Onkelchen wieder müde und daher beschlossen wir, eine Ruhepause einzulegen.

Makel und ich verwandelten uns wieder in normal. Endlich schlug die Erschöpfung zu und ich sank in einen tiefen Schlaf.

Kapitel 9

Ich schreckte aus meinem Schlaf hoch. Erschrocken stellte ich fest, dass ich mit Mytrill-Ketten gefesselt in einem Mytrill-Käfig lag. Träumte ich noch immer? Ich spähte nach draußen. Da war eine riesige Kurbel, die von Mädchen und Jungen in meinem Alter gedreht wurde. Sie alle sahen komisch aus. Das lag daran, dass sie alle Monster waren.

Ich sah auch Makel. Er war ebenfalls gefesselt. Seine Hände waren mit Mytrill-Ketten aneinander gefesselt, seine Füße ebenfalls, aber etwas lockerer. Um seinen Hals lag eine Mytrill-Schnalle, die mit Ketten versehen war, durch die er an die anderen Monster gebunden war. Er trug Lumpen und sein Hemd bestand aus Mytrill. Er war in seiner natürlichen Gestalt. Unter dem Hemd ragten seine Flügel ein klein wenig hervor.

Er drückte unermüdlich mit den Händen gegen einen an der Kurbel befestigten Pfahl, so wie die anderen Monster, damit sich die Kurbel drehte. Dabei musste er auf einem sehr schmalen Pfad laufen, damit sich die Ketten nicht verfingen, und er musste außerdem im Gleichschritt mit den anderen Monstern schieben, weil er sonst an der Mytrill-Schnalle an seinem Hals weitergezogen wurde.

Vor ihm der Junge stolperte und Makel hielt an, woraufhin er mit seinem Hintermann zusammenstieß, der anscheinend ein Dämon war. Der Dämon ließ Feuer aus seinem Rachen züngeln. Eigentlich waren Dämonen den Na'aim ja sehr ähnlich, nur dass sie sich nicht wirklich verwandeln konnten. Sie konnten lediglich alles so aussehen lassen. Deshalb waren sie auch so gefürchtet.

Vor Makel der Junge sah aus wie ein Mondmensch. Mondmenschen wurden auch manchmal Werwölfe genannt. Sie hatten eigentlich nichts mit Menschen zu tun. Sie sahen nur fast wie Menschen aus, wenn nicht gerade Vollmond war. Bei Vollmond hatten sie Klauen statt Händen und Füßen und lange Fänge. Ansonsten sahen sie total normal aus. Wenn nicht Vollmond war, waren sie allerdings so schwach, dass ein kleines Staubkorn sie aus dem Gleichgewicht bringen konnte.

Da schlug plötzlich eine Mytrill-Peitsche auf Makel nieder. Er brach zusammen. Vor ihm der Mondmensch hatte sich wieder aufgerichtet. Als die Peitsche ein weiteres Mal auf Makel herunterzufahren drohte, stand auch er schnell auf und drehte weiter.

Ich fragte mich im Stillen, wozu bloß diese Kurbel da war. Was war das nur für ein verrückter Traum?

Jetzt erkannte ich auch eine Albino-Medea. Dieses Mädchen hatte den Unterkörper und die Zunge einer Schlange. Ihr Oberteil war mit ihrem Klapperschlangenschwanz verbunden, so dass die reichen Ornamente wohl Teil ihres Körpers waren.

Ihr Haar war lang und schleppte auf dem Boden. Ihre Arme waren dünn wie Stöcke und länger als der normale Menschenarm. Ihre Hände endeten in Klauen. Ihre Gesichtszüge waren kindlich.

Die Augen in diesem Gesicht waren blutrot. Ihr gesamter Körper und ihre Haare waren schneeweiß. Eine Albino-Medea eben.

Vor der Albino-Medea humpelte ein gewaltiges Fellknäul mit Armen und Beinen. Ein Zottel.

Der Zottel stolperte über sein Fell und plumpste hin. Die Peitsche traf ihn, doch er rührte sich nicht.

Die Monster, die die Kurbel drehten, waren allesamt von Rassen, die vom Aussterben bedroht waren!

Der Zottel wurde von der Kette losgemacht und weggetragen.

Dann kamen einige Blitzaugen zu mir herüber und zerrten mich an den Platz des Zottels. Ich war also der Ersatz ... Hoffentlich würde ich bald erwachen!

Ich bekam ebenfalls eine Schnalle um den Hals und wurde festgemacht. »Los jetzt, Ungeheuer!«, schrie ein Blitzauge. Wir setzten uns in Bewegung.

»Du bist eine Na'aim, stimmst?«, fragte die Albino-Medea hinter mir. Ich nickte, ohne den Kopf zu drehen.

»Ich bin Billa und eine Albino-Medea!«, sagte Billa. »Und wie heißt du?« Ich überlegte kurz, ob ich es Billa sagen sollte, und entschied mich dafür. »Ich bin Lyca!«, sagte ich und drehte den Kopf. Ich achtete darauf, ja nicht stehen zu bleiben.

»Ich bin fünfzehn Jahre alt und du?«, fragte ich sie. Sie grinste und entblößte ihre strahlenden weißen Zähne. »Ich bin vierzehn! Weißt du, ich bin ja schon fast allen Monsterarten begegnet, aber du bist die erste Na'aim, die ich zu Gesicht bekomme!«

Ich setzte ein müdes Lächeln auf. Billa schien wirklich gern zu reden.

»Wir wurden in dieselbe Zelle eingeteilt, weißt du? Ich bin ja so aufgeregt! Ich möchte alles über dich erfahren!« Konnte Billa denn nicht mehr aufhören zu labern? Das war eine wirklich ernsthafte Lage und sie redete, als sei all dies das Normalste auf der Welt!

Ich drehte den Kopf wieder nach vorne und stemmte mich weiter gegen meinen Pfahl. Ich war so gestresst von der ganzen Situation, dass mir meine Müdigkeit und meine Erschöpfung in den Hintergrund rückten, wo ich sie nicht mehr fühlen konnte.

Wo waren wir denn überhaupt? Was würde mit uns geschehen? Wo waren eigentlich Chez und Onkelchen?

Die Fragen wirbelten durch meinen Kopf und auf keine einzige wusste ich eine Antwort.

War es überhaupt möglich, dass solche Angst existieren konnte? Über diese Fragen verlor ich langsam mich selbst. Ich spürte die Mauer, die sich um mich herum errichtete. Ich verbarg mich selbst unter falschen Gefühlen und wurde zu einer ausdruckslosen Hülle, die immer weiter gegen den Pfahl stemmte. Es gab da so ein Sprichwort, das mir wie auf den Leib geschneidert war: »Harte Schale, weicher Kern«, denn innerlich schlotterte ich vor Angst und klammerte mich an die Mauer, weil sie mein einziger Schutz war.

Ich war nur eine Beobachterin. Nichts zu gewinnen, nichts zu verlieren. Ich war einfach nur da und sah zu, was geschah, ohne richtig teilzuhaben.

Eine Erinnerung wurde in mir wach gerufen. War es nicht früher auch schon einmal so gewesen? Da war es dunkel gewesen und eine Frau war da ... Sie nahm mich und trug mich weg. Im anderen Arm hatte sie ein anderes Kind. Sie rannte und die Angst war so greifbar wie Sand. Sie rieselte durch meinen gesamten Körper und verbreitete sich. Ich erstarrte und dann … war ich nur noch die Zuschauerin. Ich hatte ja nichts, für das es sich lohnte zu kämpfen!

Doch jetzt … Makel …

Ich sträubte mich in meinem Inneren und durchschlug die Mauer mit meinen Gedanken. Ich musste kämpfen! Für Makel! Für mich! Für uns … Für alles, was einem wichtig sein kann! Für das Leben. Ich durfte einfach nicht aufgeben! Das wäre Unrecht!

Ich wand mich frei und verdrängte die Mauer, bis sie an meinem Geist herabrieselte wie Sand … Der Sand, der in meinen Augen für die Angst stand.

Dies geschah nicht etwa in ein paar Minuten oder Sekunden. Es dauerte so lange, bis die Blitzaugen kamen und immer zwei Monster mit sich wegführten. Billa und ich wurden an den Mytrill-Ketten zu einer Mytrill-Wand gezerrt, in der eine kleine Tür angebracht war und einen kleinen vergitterten Luftschlitz besaß.

Die Tür wurde aufgeschlossen und wir wurden hineingeworfen. Ich blinzelte, damit sich meine Augen an die Dunkelheit gewöhnen konnten. Die Zelle (denn als Raum konnte man es nicht bezeichnen) war dreckig und einfach Ekel erregend. In der einen Ecke war eine kleine stinkende Mulde, die anscheinend die Toilette war. In der anderen Ecke lag ein wenig Stroh, was anscheinend das Bett war. Auf dem restlichen Boden waren Essensreste und Knochen verstreut. Ich sah ein paar Ratten vorbeihuschen und auch einige Küchenschaben erblickte ich. Von den Silberfischchen, Spinnen, Maden, Fliegen und sonstigen Insekten, die in einer Wohnung nichts zu suchen hatten, mal abgesehen …

Kurz gefasst: Es roch stark nach einer Mischung aus Urin und sonstigen Ausscheidungen, würde in einer Hotelbewertung von wegen Aussehen -5 Sterne bekommen, und wenn man ruhig war, konnte man das Huschen etlicher kleiner Beinchen auf dem Mytrill-Boden hören.

Es war außerdem auch noch zu erwähnen, dass man bei jedem

Schritt aufpassen musste, nicht über irgendeinen Unrat zu stolpern oder ein widerliches Getier mit den nackten Füßen zu zerquetschen.

Das war mir nämlich gerade eben passiert. Der Kakerlaken-Kopf tastete noch mit den Fühlern um sich, während der Rest an meinem Fuß klebte.

Ich sprang erschrocken zurück und stieß mit Billa zusammen.

»Hui, hui! Ganz ruhig!«, rief sie erschrocken. Ich kämpfte mir einen Weg zum Stroh frei und sah mich noch mal um. Das war ja wirklich ein schlimmer Albtraum! Zu schade, dass ich nun wusste, dass das Ganze auch noch wahr war...

»Es ist etwas gewöhnungsbedürftig ... in einer so schicken Zelle wohnen zu dürfen ...«, hauchte Billa. Meine Augen weiteten sich entsetzt und ich versuchte, einen sarkastischen Unterton in ihrer Stimme zu hören, doch sie meinte es anscheinend ernst. Das war ja noch schlimmer! Gab es wirklich noch schlimmeres als DAS?

»Was war denn an den anderen Zellen schlimmer?«, fragte ich daher. Sie zog eine angeekelte Miene. »In den anderen Zellen gab es kein Klo und es wurde auch nur jeden Monat einmal gereinigt!«, sagte sie und erbebte unter einem Schauer.

Nun konnte ich sie verstehen. Ich verdrängte den Gedanken, noch weiter nachzufragen, und schlich mich zum Stroh, sehr darauf bedacht, nicht noch ein Getier zu zertreten.

Als ich endlich angekommen war, setzte ich mich. Es knirschte unangenehm, aber wo sollte ich mich denn sonst setzten?

Billa glitt neben mich.

»Willst du nicht von hier weg?«, fragte ich sie. Sie blinzelte verwirrt. »Aber warum sollte ich?«, stellte sie eine Gegenfrage. Ich wurde dieses komische Gefühl nicht mehr los, dass mit Billa irgendwas nicht stimmte.

»Na ja ... Draußen ist es schön ..., tausendmal schöner als hier! ... Alles ist tausendmal schöner, als hier zu sein!«, erklärte ich. Billa blinzelte verwirrt. »Du warst wirklich schon mal draußen? Ich war noch nie draußen!«, hauchte sie. Jetzt verstand ich. Billa war also in Gefangenschaft geboren worden. Sie kannte nur das Leben hier! Wie sollte sie denn dann auch wissen, dass es woanders besser war? Für sie war schon diese verdreckte Zelle eine Verbesserung!

Ich stutzte. Das hätte ich nicht erwartet. Wie viele von den anderen Monstern wohl ebenfalls in Gefangenschaft aufgewachsen waren? Das war ja ungeheuerlich!

Ich wurde von einem plötzlichen Schauer erwischt, der mir eiskalt den Rücken hinunterrieselte. Das war ja schrecklich!

Wie sollte ich Billa davon überzeugen, dass wir einen Fluchtplan brauchten, wenn sie noch nicht einmal den Sinn einer Flucht kannte?

Ich wurde aus meinem Gedankengang gerissen, als die Tür aufging.

»Joey!«, rief Billa erfreut. Ein kleiner Blitzaugenmann stolperte in die Zelle. Dann wurde die Tür geschlossen.

»Was hast du heute dabei?«, fragte sie aufgeregt. Ich merkte, dass er zitterte. Seine Hände und seine Stirn waren nass von Schweiß.

Joey blinzelte mehrmals, weil der Schweiß drohte, ihm in die Augen zu tropfen.

Was machte ein Blitzauge hier?

»E… e… es tu… tu… tut mir ja… a… a so l… l… leid, a… a… aber ich m… m… muss euch B… B… Blut abnehmen … f… f… für ei… ei… ein paar Te… Te… Tests …«, stotterte er und holte ungeschickt eine Spritze hinter dem Rücken hervor.

»Was ist denn los Joey? Ist irgendwas mit deiner Stimme passiert?«, fragte Billa und hielt ihm ihren Arm hin.

Joey nahm ihr das Blut ab und klebte ihr ein kleines Pflaster darauf. Dann holte er eine weitere Spritze hervor. Die Spritze war gefüllt und ich wusste auch mit was. Betäubungsmittel! Er hatte Angst vor mir. Daher kam auch sein Zittern, sein Stottern und der Schweißausbruch!

Billa konnte ja nicht wissen, was für eine »gefährliche« neue Mitbewohnerin sie da hatte.

Ich seufzte und stand auf. Joey zuckte zusammen und rannte zur Tür. Er schlug dagegen und merkte erst einen Moment später, dass ich nicht auf ihn zukam.

»Joey! Sei doch nicht so unfreundlich!«, ermahnte Billa den Blitzaugenmann. Joey musterte mich ängstlich.

Ich kam auf ihn zu und er drückte sich gegen die Tür. »I ... ich ha ... habe ei ... eine Waffe!«, stammelte er und hielt mir die Spritze entgegen.

»Bring es hinter dich ...«, murmelte ich und streckte meinen Arm aus. Er musterte meinen Arm ängstlich, bis er begriff.

»Ich ... äh ... einfach so?«, fragte er verwirrt. Ich zuckte mit den Schultern. »Macht doch keinen Unterschied.«, meinte ich.

Joey holte eine andere leere Spritze aus seiner Tasche. Er öffnete den Verschluss und hielt die Spitze gegen meinen Arm.

»Das sind ja tatsächlich Schuppen ... Ich habe gedacht ... Gloudy würde lügen ...«, wisperte er. »Gloudy?«, fragte Billa.

»Die Blitzauge, die sich um die Blutprobe von dem anderen Na'aim gekümmert hat ... Sie sagte auch, dass sie gar nicht den Eindruck hatte, dass er wirklich ein Monster sei ... Jetzt weiß ich, was sie meinte ...«, flüsterte er und stach die Spritze zwischen meine Schuppen. Er nahm die Blutprobe und zog dann die Spritze wieder aus meinem Arm.

Joey verschloss die Spitze mit der Plastikkappe und steckte die Spritze weg.

»Ist es wahr, dass ihr übermenschliche Kräfte besitzt, mit dem ihr sogar Mytrill-Ketten sprengen könnt?«, fragte er und starrte meine Ketten an. Langsam wurde ich unruhig. Woher wussten die, dass wir Mytrill-Ketten sprengen konnten?

Mit einem Mal wusste ich die Antwort. Coach Julius! Natürlich!

»Das ... äh ...«, stammelte ich. Joey sah sich um. »Ich habe immer ein paar Ketten zum Ersatz dabei! Ich möchte nur wissen ... ob es die Wahrheit ist ...«, flüsterte er und holte aus einem kleinen Rucksack ein paar identische Ketten. Ich seufzte. Dann ließ ich die Gelenke knacken und die Ketten brachen und stürzten zu Boden, wo sie ein weiteres Insekt zerquetschten.

Unwillkürlich machte Joey einen Satz nach hinten. »Ich dachte ... das wäre eine Lüge! Die ganze Zeit über ... hättet ihr euch einfach befreien können!«, hauchte er.

Billa quiekte. »Ich dachte, es ist unmöglich, Magie anzuwenden, wenn man mit Mytrill in Kontakt ist!«

»Das ist es auch!«, bestätigte Joey, den Blick fasziniert auf die Ketten gerichtet. »Doch die natürliche Kraft und Fähigkeiten kann Mytrill nur leicht eindämmen …«

Ich nickte. Dann fiel mir ein, dass ich das Kettenhemd jetzt kurz ablegen konnte. Ich zog es über den Kopf. Das Leinenhemd, das ich darunter trug, war viel zu weit. Hinten um meine Flügel herum war es aufgerissen.

Ich entspannte mich und ließ die Flügel hängen.

Joeys Mund klappte auf. »Fl… Fl… Fl…«, stammelte er. »Flügel!«, rief Billa erstaunt. Ich blinzelte verwirrt. »Ich dachte, das wüsstet ihr.«, sagte ich und runzelte dann die Stirn.

»Ich dachte … Auch das wäre eine Lüge …«, haspelte Joey hervor.

Billa musterte meine Flügel interessiert. »Das ist ja der Wahnsinn! Ich dachte, es gibt keine Na'aim, die in ihrer wahren Gestalt Flügel haben!«, freute sie sich.

Anscheinend war ich der Fund des Jahrhunderts … Wie es wohl Makel erging?

»Ich muss hier raus!«, sagte ich unvermittelt und hielt auf die Tür zu.

Joey sprang mir in den Weg. »Du darfst da nicht raus! Die würden dich umbringen!«, rief er.

Aus irgendeinem unerfindlichen Grund musste ich lachen. Meine Muskeln spannten sich an. »Das sollen sie mal versuchen …«, knurrte ich zwischen zusammengebissenen Zähnen hervor und schob Joey aus dem Weg.

Ich wusste selbst nicht so recht, was eigentlich mit mir los war. Wieso war ich auf einmal so rasend?

Ich schlug meine flache Hand gegen die Tür und grub meine Finger hinein. Ich sprang nach vorne und breitete die Flügel aus, als ich mit der Tür durch den dahinterliegenden Raum flog. Im Flug ließ ich die Tür fallen. Ich vergrub die Finger in der Decke und faltete die Flügel zusammen.

Makel! Ich musste zu ihm! Irgendwas … war passiert!

In dem Moment wurde ich getroffen. Es war mir egal und ich kletterte an der Decke entlang meinem Gefühl folgend. Immer wieder wurde ich getroffen, doch ich bemerkte es kaum. Ich breitete die Flügel wieder aus und ließ mich nach unten fallen. Kurz vor dem Boden zog ich die Flügel ein und schob die Füße unter mich. Ich landete einwandfrei.

Vor mir war eine Zellentür aus Mytrill. Ich packte sie und riss sie nach außen aus den Angeln.

Drinnen lag Makel auf einer Art Folterbank aus Mytrill. Seine Arme und Beine waren eingeklemmt in einer Mytrill-Bärenfalle. Er bewegte sich nicht. Das lag anscheinend an den fünf Betäubungsspritzen, die aus seiner Brust ragten.

Dann rührte er sich doch. Seine Augenlider flatterten.

Hau ab, Lyca! Solange du noch kannst!, rief er und öffnete die Augen. Er bäumte sich in seinen bissigen Fesseln auf, doch sie verkeilten sich dadurch nur noch mehr.

»Niemals!«, fauchte ich und stürzte mich auf die Fesseln. Ich schob mit aller Kraft gegen den Verschluss und die erste Falle gab Makels Arm frei. Ich rannte zu der nächsten Fessel und wiederholte dieses Vorgehen auch bei den restlichen Fallen.

Makel setzte sich vorsichtig auf. »Danke …«, flüsterte er. Ich wurde nur noch rasender. Was war bloß los mit mir, dass ich solche Wut empfand. Mit einem Mal wurde es mir klar. Das war gar nicht der echte Makel!!!

Der echte Makel hatte mich gewarnt!

Ich schlug den falschen Makel gegen die Wand und er blinzelte verwirrt. »Was zum …«, keuchte er. Ich beachtete ihn nicht weiter, sondern riss die Folterbank von ihrem Platz.

Darunter war eine Falltür. Ich stieß sie auf und sprang hinunter, wo der echte Makel war. Es war dieselbe Szene wie eben, nur dass dieser Makel quer durch den Raum an die Fallen gespannt war.

Was war hier überhaupt los? Wieso wurde Makel bloß so gequält? Mein Instinkt verriet mir bloß, dass dies der echte Makel war und dass es ihm schlecht ging.

Jede Vorsicht in den Wind schlagend, rannte ich zu ihm und befreite ihn, wie schon eben den falschen Makel.

Vorsichtig hob Makel den Kopf. **Lyca! Renn weg! Es ist eine Falle! Verdammt noch mal!**, schrie er. Er hatte einen Knebel im Mund. Also war es tatsächlich eine Falle! Man wollte nicht, dass Makel mich warnte … Aber wovor?

Was ist hier los?!?!, schrie ich verzweifelt, während meine Finger weiterhin die Fallen auseinanderzogen, damit Makels Hände und Füße freikamen.

Makel schüttelte den Kopf. **Das kann ich dir nicht auf die Schnelle erklären, aber du musst weg! Sofort! Sonst …** Makel brach abrupt ab, als über uns die Falltür mit einem lauten Krachen zufiel.

… kommst du hier nicht mehr raus …, beendete Makel wehmütig.

Ich befreite seine letzte Hand und nahm ihm den Knebel aus dem Mund. Dann sackte Makel zu Boden und ich ließ mich neben ihn sinken.

Makel?, fragte ich verwirrt.

Lyca … Ich denke, jetzt muss ich es dir erzählen …

Als wir alle schliefen, schlichen sich die Blitzaugen durch das Gebüsch auf uns zu. Das eingestürzte Moor hatte ihre Neugierde geweckt. Als sie uns sahen, war ihnen sofort klar, wer wir sind.

Ich wachte auf und wollte schon die Flucht ergreifen, als sie dir ein Mytrill-Messer an den Hals hielten. Ich konnte nicht mehr fliehen …

Sie trieben mich vor sich her und schleppten dich in einem Käfig mit. Chez und Onkelchen wurden in eine andere Richtung getragen.

Als wir hier ankamen, wurden auch wir getrennt. Sie haben mir Lumpen und ein Mytrill-Kettenhemd übergezogen.

Dann haben sie mich hier festgemacht.

Später haben sie einen Formidabel hier reingeschickt. Sie haben ihm versprochen, dass er wieder frei wird, wenn er dafür meine Gestalt annimmt und dich reinlegt. Sie wollten die Stärke der Na'aim ergründen.

Wenn ich es richtig verstanden habe, dann suchen sie eine Art

Supermonster. Sie wollen ein Druckmittel besorgen und damit das Monster dann zwingen, für sie zu arbeiten.

Was dann die Hauptarbeit des Monsters sein wird, ist die Ausrottung aller Monster auf der gesamten Welt!

Das war schon immer ihr Ziel! Danach wollen sie dann auch dieses Monster eliminieren.

Ich glaube, sie wussten, dass einer von uns es schaffen würde, zu dem jeweils anderen zu kommen, und ich vermute ... das war eine Art Test, ob wir für ihre Zwecke ...

Lyca! Wir dürfen nicht laut reden, weil sie bestimmt alles hören, und sobald sie wissen, dass ich dir alles gesagt habe, ist hier bestimmt die Hölle los!

Makel seufzte laut und biss sich auf die Unterlippe. Ich war wie erstarrt. Die Ausrottung aller Monster auf der gesamten Welt? Mein Albtraum ...

Die Monster dürfen nicht aussterben! Das wäre katastrophal! Wenn sie sich nur verstecken würden? Dann würde alles in Ordnung sein ... Aber wie sollen wir sie warnen?

Ich stockte, um mir auch auf die Unterlippe zu beißen. Was für eine Gemeinsamkeit hatten alle Monster denn? Was machte sie alle zu Monstern? Makel und ich konnten ja schließlich auch in telepathischen Kontakt treten ... Gab es etwas Ähnliches auch für alle Monster? Dann könnten wir sie alle warnen!

Moment mal! Ich war ja schließlich auch mal ein Blitzauge! Ich erinnerte mich vage an eine meiner ersten Unterrichtsstunden.

Es ging um die Unterschiede von Monstern und anderen Lebewesen.

Ich konnte die Szene wieder sehen, so wie damals, und Coach Julius hören, als würde er direkt vor mir stehen: »Monster sind Monster, weil sie alle eine zentrale Magie in sich tragen. Bei manchen stärker, bei manchen weniger stark. Deshalb ist unbedingt zu verhindern, dass Monster in den Besitz einiger Zauber und Magiebücher kommen. Es ist auch schon vorgekommen, dass Monster ihre Magie gekoppelt haben. So dass sie alle miteinander verbunden waren, wie in einem

Spinnennetz ja auch alle Fäden verbunden sind. Unsere Hauptaufgabe als Blitzaugen ist es, dieses Netz zu zerstören, bevor es erschaffen wird, denn dann ist es unmöglich, dieses Netz zu zerreißen!

Allerdings gab es nur eine Monsterart, die von Natur aus eine Verbindung zu den Artgenossen besitzt und die dieses Spinnennetz erschaffen kann. Daher sind sie auch so mächtig und daher haben wir sie ja auch ausgerottet, die Na'aim!«

Natürlich! Damals konnte Coach Julius ja nicht ahnen, wem er diese wichtige Information preisgab!

Makel! Wir müssen es irgendwie schaffen, unsere Gedanken und unsere Magie zu einer Art Netz zu verflechten, die jedes Monster eingrenzt, rief ich und sprang auf.

Wie meinst du das?, fragte er verwirrt, aber ich war schon so in Gedanken, dass ich es nur mitbekam, weil er seine Frage ja direkt in meinen Kopf projizierte.

Ich stellte mir vor, wie sich die Wolken am Himmel verbanden. Die Freiheit und Reinheit dieses Gewebes ließ es schneeweiß erscheinen. Es bildete sich zu einem riesigen Spinnennetz, das den Himmel mit seinen Nebelfäden überzog und sich langsam zu Boden senkte. Tau bildete sich überall, obwohl es ja schon Mittag war. Sogar durch das Mytrill drang das Netz und legte sich über alle Monster. Verband sie und hob ihren Geist so weit, dass sie alle auch ohne Worte ihre Gedanken teilen konnten.

Was zum ...

Wer ist da?

Stimmen! Ich höre Stimmen!

Oh, wow! Ich werde verrückt!

Bin ich langsam etwas senil?

Ich glaube, mein Kopf platzt gleich ...

Iiiiiiiiiiihhhhh! Zu viele Stimmen!

Bla, bla, bla, bla, bla ...

Alle quasselten durcheinander, ohne auf irgendwen Rücksicht zu nehmen.

Makel sah mich erstaunt an.

Warst du das?

Wer war was?

Was ist denn los?

Wer spricht da?

Bla, bla, bla, bla, bla ...

Das war zu viel. Ich hielt mir die Ohren zu, öffnete den Mund und stieß einen mentalen Schrei aus.

RUHEEEEEEEEEEEEE!!!!!!!!!!

... ... ?

Alle mal herhören! Die Blitzaugen haben beschlossen, alle Monster auszurotten! Sie wollen uns in eine Falle locken und, obwohl es feige klingt, die einzige Möglichkeit zu überleben ist, sich zu befreien und zu verstecken. Einzeln sind wir alle dem Tod geweiht, doch wenn wir zusammenhalten und uns nicht gegenseitig verraten, so sehen wir einer freien Welt entgegen, wo uns keine Blitzaugen jagen, einfangen oder töten, weil sie uns für ausgestorben halten! Einer Welt, wo zwar niemand an Magie glaubt, sie aber dennoch existiert! Die Alternative ist unser aller Tod! Nur wenn wir zusammenhalten, können wir überleben!

Eigentlich hatte ich einfach nur immer wieder die gleichen Worte wiederholt und etwas verändert wiedergegeben, doch es zeigte seine Wirkung, denn ein ängstliches Raunen ging durch die verbundenen Reihen.

Wer bist du und welchen Plan hast du?, fragte jemand und ich erkannte die Neugierde und Aufgewecktheit. Das war Billa, aber das konnte ich jetzt ja wohl schlecht sagen. Aber wir hatten auch keine Zeit, dass wir uns alle vorstellen konnten.

Das Erste tut nichts zur Sache, aber das Zweite ist lebensnotwendig: Es gibt einige unter euch, die sind in einer Gefängniszelle. Von Blitzaugen geschaffen. Als Erstes wird jemand ein Ablenkungsmanöver starten und währenddessen befreit jeder, der nicht irgendwie angekettet ist, die, die sich noch nicht befreien konnten. Keine Zweifel bitte! Es ist die einzige Möglichkeit zu fliehen! Auf drei! Eins!

Ich schloss die Augen.

Zwei!, riefen alle anderen Monster außer Makel. Damit hatten sie mir ihre Zustimmung gegeben.

Drei!, schrien Makel, ich und alle Monster.

Ich nickte Makel zu und breitete die Schwingen aus. Jetzt startete das Ablenkungsmanöver. Gemeinsam schlugen wir unsere Finger in die Falltür. In dem Moment wurde die Tür geöffnet. Vor uns stand der andere Makel. Er lächelte.

Er hatte uns rausgelassen. Ich nickte ihm dankend zu.

Makel und ich flogen zur Decke und kletterten leise voran, während die Blitzaugenschar auf den Formidabel zustürmte. Dieser wurde kurzerhand zu einem kleinen Jungen, der weinend auf dem Boden hockte. Ein Blitzauge mit erhobenem Schwert raste auf ihn zu. Der Formidabel stockte in seiner Bewegung. Es waren zu viele Blitzaugen. Er war dem Tod geweiht. Ich wusste selbst nicht, wie ich es machte, aber im einen Moment war ich unten bei dem Formidabel und packte ihn und im nächsten Moment war ich wieder bei Makel an der Decke.

Wir kletterten aus dem Raum und hinter uns schlugen wir die Tür zu.

Danke …, sendete der Formidabel. Ich nickte und kletterte weiter.

Vor uns waren schon die ersten Zellentüren. Wir ließen uns fallen. **Ich mach das!,** verkündete der Formidabel und wurde zu einem Schlüssel. Makel nahm ihn auf und steckte ihn in das erste Schloss. Es war ein leichtes Vorgehen. Während wir den Gang hinabliefen, wurden wir immer mehr Monster. Eine riesige Schar, die nicht angekettet in Richtung Ausgang stürmte.

Die wenigen Blitzaugen, denen wir begegneten, flohen. Dann waren wir in der großen Halle. Der einzige Abzweig, der nicht Richtung Ausgang führte, war der, in dem es nur eine Zelle gab. Die Zelle, in der Billa und Joey gewesen waren. Ich war mir nicht sicher, ob sie schon in Sicherheit waren.

Ich gehe noch einmal kurz in diese Richtung! Wer kommt mit?

Dem Schlüssel wuchs ein Arm mit Hand, die er in die Luft hob. Einige Monster und Makel meldeten sich ebenfalls.

Ich nickte und unsere kleinere Schar entfernte sich von der Gruppe.

Wir rannten den Gang entlang und als wir da waren, war die Tür tatsächlich abgeschlossen. Wir öffneten und drinnen hockten ein zitternder Joey und eine ängstlich wimmernde Billa.

Als die Tür knarzte, blickten sie auf. **Ja! Ihr habt mich nicht vergessen!,** rief Billa glücklich und sprang auf.

Die anderen Monster sahen Joey und wollten sich auf ihn stürzen, doch ich hielt sie zurück.

Er ist einer von den Guten. Außerdem ist er zu ängstlich, als dass er sich gegen uns stellen könnte.

Die Monster nickten und Billa grinste breit. Sie nahm Joey auf und flüchtete mit ihm aus der Zelle.

Schnell! Wir müssen wieder zur Hauptgruppe!, rief ich und wir rasten den Gang zurück.

In der großen Halle waren alle Monster versammelt. Die Blitzaugen trauten sich nicht, näher zu kommen. Vor der Tür gab es allerdings einen Stau.

Wir kämpften uns vor. Ich wollte gerade den Schlüssel in das Schloss schieben, als der Formidabel sich beschwerte.

Hier ist sogar das Schloss aus Mytrill. Hier kannst du mich nicht benutzen! Sorry!

Kapitel 10

Es konnte doch nicht so schwer sein rauszukommen! Wir hatten es bis hier geschafft, also würden wir es auch noch weiter schaffen!

Ich zog Makel neben mich und nickte ihm zu. Er legte die Hände auf das Mytrill und ich tat es ihm gleich. Im nächsten Moment flog die Tür mit den Angeln nach draußen, wo sie einen Salto machte und rotierend wie ein Rad den Hügel hinabrollte. Mit einem Scheppern kam sie zum Liegen.

Wir alle stürmten in unsere Freiheit und stockten in der Bewegung. Wir waren in dem Krater eines erloschenen Vulkans. Überall glimmerten rote Gesteinsbrocken, die wohl schon seit zehn Jahren am Abkühlen waren. Hier konnte man nicht hinausklettern.

Für Landmonster ohne Flügel war die Flucht unmöglich…

Doch Makel hatte eine Idee:

Jedes Monster, das die Gestalt wirklich ändern kann, bitte ich hierher!

Sofort kam eine kleine Schar angestürmt.

Der Formidabel in meiner Hand hüpfte und ich legte ihn auf den Boden, wo er zu einem kleinen Drachen wurde.

Zusammen kann die Hälfte von euch zu einer riesigen Plattform werden!

Die Schar gehorchte, doch nicht nur die Hälfte, sondern alle wurden zu einer riesigen Plattform, die sich unter die Füße, Tatzen oder Krallen aller Monster schob. Makel seufzte kurz.

Alle Monster, die irgendwie fliegen können, bitte ich ebenfalls hier her!, rief er schließlich. Eine ziemlich karge Gemeinschaft löste sich von der Gruppe und trat auf uns zu. Makel nickte.

Gemeinsam heben wir die Plattform in den Himmel und alle anderen Monster stehen darauf! Verteilt euch gleichmäßig am Rand!

Die Flugmonster wirkten zwar ziemlich skeptisch, verteilten sich aber trotzdem.

Die anderen Monster wirkten noch skeptischer, traten aber alle auf die Plattform und suchten kleine Verankerungen im Boden, an denen man sich festmachen konnte. Die Plattform folgte diesen Wünschen und bildete überall kleine Schlaufen aus, auch am Rand.

Lyca, du gehst auf die andere Seite und hältst da die Plattform. Ich bleibe hier.

Ich nickte knapp und durchschritt die Menge. Ich packte eine Schlaufe. Jedes Monster hatte nun eine Schlaufe und die überschüssigen verschwanden wieder.

Seid ihr bereit?, fragte Makel ein lauter Chor antwortete ihm mit: **Jaaaaaa!**

Dann ... Los!, rief Makel. Die Landmonster klammerten sich an ihre Schlaufen und die Flugmonster packten auch ihre fester.

Mit einem Ruck hob die Plattform sich. Jetzt breitete auch ich die Flügel aus. Hier war genug Platz, also faltete ich sie richtig auseinander und dann schlug ich. Rasend schnell gewann die Plattform an Höhe und schon bald sah das Gefängnis nur noch aus wie ein kleiner Punkt. Im nächsten Moment waren wir auch schon durch die Krateröffnung geflogen.

Wir hoben die Plattform zum Boden und landeten auf einer grünen Wiese.

Wir haben es geschafft!

Jaaaaaahaaaaa!

So sieht also Freiheit aus ...

Von überall kamen neue Ausrufe der Freude und dann tauchte auch noch eine andere Schar von Monstern auf. Es waren freie Monster, die meinem Ruf ebenfalls Folge geleistet hatten und nun gekommen waren, um uns in unsere Freiheit zu geleiten.

Eine Gestalt erkannte ich sofort wieder und in deren Begleitung waren auch zwei andere mir nicht unbekannte Gestalten: Dorelis mit Chez und Onkelchen ...

Die Plattform wurde wieder zu einzelnen Monstern. Ich sah Billa und den Formidabel in Drachengestalt.

Sie kamen auf mich zu und von der anderen Seite kam jetzt auch Makel.

Der Formidabel wurde zu einem Mann mit braunen Locken und weißer Haut. Er trug Lumpen. So sah er also wirklich aus.

Du hast den Ruf gestartet, nicht wahr?, fragte er. Ich nickte. Jetzt waren alle eingetroffen.

Wir stellten jeden jedem vor und schließlich kam auch Joey aus der Menge.

»Ich habe beschlossen, mit Joey und Leweskren durch diese Welt zu ziehen.«, machte Billa bekannt.

»Leweskren?«, fragte ich verwirrt. Der Formidabel trat vor. »Das bin ich, aber nenn mich doch einfach Less!«

Dorelis schüttelte den Kopf. »Ganz allein mit zwei Männern verreisen ... Billa, Kindchen! Du bist ja fast so schlimm wie Lyca ... Ihr darf ich nicht helfen, aber ... darf ich vielleicht mit dir mitkommen?«, fragte sie.

Billa wirkte kurz verwirrt, dann lächelte sie beglückt. »Oh, ja! Das wird bestimmt spannend!«, rief sie und ihre Klapper am Schwanzende rasselte glücklich.

Ich lächelte ebenfalls. »Chez, Onkelchen, Makel und ich werden jetzt wahrscheinlich auch ein wenig reisen! Wir müssen den Monstern Verstecke zeigen, in denen Blitzaugen oder normale Menschen sie nicht finden können!«

Makel nickte. Dorelis tippte sich mit dem Zeigefinger gegen den Mundwinkel: »Eigentlich wäre das auch für uns eine gute Aufgabe ... So kommen wir ja noch viel mehr rum ...«

»Oh, ja!«, rief Billa glücklich und klatschte in die bleichen Hände.

Wir verabschiedeten uns. Auch die anderen Monster gingen ihrer Wege.

Noch wussten alle Menschen und Blitzaugen, dass es uns gab, doch mit der Zeit würden wir in Vergessenheit geraten und wer weiß ...

Vielleicht gäbe es irgendwann auch keine Blitzaugen mehr und wir könnten uns wieder unter die Menschen mischen. Niemand würde sich an früher erinnern, denn es würde bestimmt keine Zeugen mehr geben …

Es ist genug für alle da
Foto: Jörg Böthling
... wenn wir miteinander teilen.
Im Verbund der Diakonie
Mitglied der actalliance
Brot für die Welt
www.brot-fuer-die-welt.de
Konto 500 500 500
Postbank Köln BLZ 370 100 50